Son odeur
après la pluie

雨后的味道

我的狗狗乌巴克

[法]塞德里克·萨潘-德福尔　著

台学青　译

深圳出版社

版权登记号　图字：19-2024-342 号

图书在版编目（CIP）数据

雨后的味道 ： 我的狗狗乌巴克 ／ （法）塞德里克·
萨潘-德福尔著；台学青译. -- 深圳 ： 深圳出版社，
2025. 4. --（海天译丛）. -- ISBN 978-7-5507-4193-5

Ⅰ. I565.45

中国国家版本馆CIP数据核字第2025WP7200号

雨后的味道——我的狗狗乌巴克
YUHOU DE WEIDAO——WO DE GOUGOU WUBAKE

责任编辑　岑诗楠
责任校对　万妮霞
责任技编　梁立新
封面设计　日芒
　　　　　BRILLIANCE

出版发行　深圳出版社
地　　址　深圳市彩田南路海天综合大厦（518033）
网　　址　www.htph.com.cn
订购电话　0755-83460239（邮购、团购）
设计制作　深圳市龙瀚文化传播有限公司 0755-33133493
印　　刷　深圳市华信图文印务有限公司
开　　本　889mm×1194mm　1/32
印　　张　7.75
字　　数　131千
版　　次　2025年4月第1版
印　　次　2025年4月第1次
定　　价　48.00元

献给白溪女士①

她的飞升和坠落

充满我生命的每一天

---

① 即作者的妻子马蒂尔德，她在意大利里奥比昂科（意为白色溪流）遭遇
车祸。

序

　　没什么比跟狗一起生活更简单的事了。无非是当它归家的时候，听它的爪子踩在地板上的声音，呼吸它走过家里的走廊后空气中不知不觉弥漫的味道，看着日子在随处可见的一团团狗毛间一天天溜走。然后，某天晚上，家里只剩下一片寂静，所有房间都散发着难以忍受的空虚味道，再也没什么地方需要用扫把和吸尘器打扫。那时，那一夜，那一刻，你痛入骨髓地领悟到，你的狗狗真的死了。

　　曾几何时，我像个开心的孩子一样，看着我的母狗喝水，听着它咀嚼，大快朵颐地享用着我给它烹饪的食物。在那些洋溢着生命和欢乐的时刻，我们分享着一种原始的幸福。然后，那天晚上，我清洗了它的狗食盆。在烫手的水流下，我用手指擦洗着不知什么东西，一遍又一遍，洗了不知多长时间。

后来，我读到了《雨后的味道》。那个很久以前被我胡乱塞在记忆深处的世界苏醒了，它抖掉身上的泥土，重现了鲜活的模样。读着读着，曾经的一切——声音，毛发，兽医，远足，气味——都回来了。特别是它的气味，那种雨后蒸腾的、强烈的、动物的气味，厌狗人士最讨厌的气味。《雨后的味道》是一位满怀爱心的行动学者写的，一本内容丰富的奇书，他用优美的文字讲述了一个男人和他的爱犬的动人故事，简单地说，讲述了他们的生活。

我不知道书的作者塞德里克·萨潘-德福尔会怎么说，但我一直觉得，在一段良好的人犬关系里，是狗在驯养它的"主人"，而不是相反。很早之前我就意识到这点，因为我发现，我的那条母狗，以及很多它的同类，能听懂我们的三百多个词汇，而我无论怎么努力，也没法分辨它吠叫声中的微妙差别。在很多年间，每晚九点左右，它都会跑来坐在我的长沙发前，我们彼此对视好几分钟，它对着我发出一些近乎说话的声音。别人都说："它好像在跟你说话呢。"但他们并不知道，它真的是在跟我说话，而且如果旁边没人，我还会回应它呢。尽管语言不通，但我们都努力向对方表示，我们在想方设法填平彼此之间的物种鸿沟。《雨后的味道》这本书展现了两个敏感细腻的物种间产生的微妙的亲密关系，以及润物无声的相互影响。人必须跳出自身，忘掉自我，彻底"脱胎换骨"，才能理解他的爱犬。作者满腔深情地写道，学会躺在地上，才能享受狗狗把脑袋抵在你怀里安睡的幸福。跟动物一起生活，意味着学会用新的眼光审视空间与时间。在你推开家门的那个瞬间，你的狗狗就感知了你的情绪，猜中了你自己都还没意识到的那些念头。它知道你会带它去山间徒步，去海中戏水，在沙滩上游逛。在这些漫长的散步中，在步履交错间，你们将彼此托付一生，关心对方的饥寒冷暖。

这本书具体讲述了两个生灵的智慧和他们之间那超越物种差异的爱。但他们有个共同点，也即作者在书的后面部分谈到他那老去的伯恩山犬时，用一句简单的话提到的："它什么时候才会明白它是会死的呢？"

我想，狗狗是不需要懂得这件事的。

这种无知对它只有好处。

然而别离终于降临。起初，作者像一位尽职的兽医，整页整页地记录着内心的焦灼，随着最后时刻的临近，他的文字越发悲痛。在永别的时刻，作者最后一次注视着爱犬，他心里知道，从此以后，他的"呼唤将再也没有回应"。这时，自然而然地，你伤心地哭了。

我的母狗死后，我火葬了它。我从兽医的冷柜里取回它的身体，放在我的车上，我俩最后一次共同旅行了五十公里。到了之后，一位男士打开我的后排车门，把它搬到推车上，用我意想不到的温柔语气说："别担心，我们会好好照顾它的。"密集的春雨潇潇下，四野茫茫无际。

三年来，它的骨灰和狗绳一直放在我办公桌的右边。

好了，您即将翻开这本爱狗手册，也许会引导您抵达那条看不见的边界。在那里，狗狗们与人类言语相通。您会了解到一些令人惊奇的东西，关于它们，也关于您自己。对于我，这本书也创造了一个小小的奇迹：一页页读下去，我仿佛又听到狗狗在屋里一溜小跑的可爱的脚步声，听到了它夜里的呓语，还有，最特别的，是它雨后的味道。

让-保尔·杜布瓦（龚古尔奖得主）

第一部分

1

也许是幸福之神偶然的眷顾，或其他类似的原因。

否则怎么解释不期而遇的欢喜呢？

那些注定要把我们的生活变得美好的相遇，常常就这样毫无预兆地、突然发生在死气沉沉的时光里。在某个阴沉、苍白的日子里，我们眼睁睁忍受着生活的庸常，对明天没有任何期待。我们深知这个世界的缺憾，对自己的幸运却知之甚少。就在这时，幸运精灵宣布，该我们时来运转了，命运那古怪的钟摆把一件重大到几乎不可能发生的事情送到了我们的生活里。

摆满货架的商场大多谈不上优雅，萨朗什的家乐福超市当然也不例外。那里像个手术室，进门的人仿佛挨了当头一棒：方格的天花板低矮，灰暗，让人忘了天空的模样。手术开始了，满眼皆是白光，钻头开动，不省人事。最后，传来了一些声音，好多声音，因为我们的时代受不了沉默。不知何处有人在吼叫，高声叫卖着美好生活的配方，放之四海而皆准。无论你走到哪儿，躲在哪个角落，或者嗤之以鼻，那人总会抓住你。每走十步，就有什么东西在闪烁，但周围的人们对之视若无睹，我也一样。在这种地方，人们放弃了保持优雅的任何努力，连最顽固的矜持也不要了。这是个没有真正灵魂的地方，我的灵魂在这里也变迟钝了。

酒吧的名字叫"点球"，也许叫"角球"也可以。翠绿的玻璃窗上，画了个棕色皮肤的大块头，有点谢顶，穿着蓝色球衣，有点像齐达内，还有几个涂改液画的足球。人们在这儿豪饮、赌马、买乐透，吞云吐雾。这是个随心所欲的天堂，来客尽可以五毒俱全，没人阻拦。侍者端上来一杯炭黑炭黑的、法国人所谓的精品咖啡，配一块裹在塑料纸里的花生可可饼干。柜台处有人在高谈阔论，聊着一个微妙的地缘政治话题。找出一个罪魁祸首来解释一切，似乎是个再好用不过的方便法门。

我抓起一份报纸。如果一个人在公共场所想掩饰自己的孤单，他会抓住手边随便什么东西，好摆出一副日理万机的架势。二〇〇三年，还有那种专门刊登当地广告的薄薄的报纸，以省份的编号命名，此地是74①。报纸的边角被之前的读者胡乱画了些画，画的什么只有他们自己知道，但他们一定很开心。报纸寥寥几页，内容五

① 即上萨瓦省，省份编号为74。

花八门，都是些鸡毛蒜皮的小事。我一本正经地读起报来，就当今天的正事吧。报上有些启事超出了上萨瓦省的范围。

我漫无目的地浏览着，有些地方一目十行。三十欧的公鸡也好，三百欧的毛驴也罢，只要故事有趣就行，我别无他求。就在这时，它冒出来了。第六页，左上方，在一小块把字迹搞模糊了的水渍下面，在"二手 J5 手续齐全面议"和"马克情场老手寻年轻猛男共浴爱河"旁边。就在写满老旧车辆和发情男人的第六页，它一动不动，沉静安详，对嘈杂充耳不闻。一只狗。一窝十二只，除了出生次序不同，几乎一模一样，都是二〇〇三年十月四日来到这个世界。出生是一切的开始，至于显灵，那是另外一回事。十二只伯恩山犬，它们的妈妈可够辛苦的，怀胎正赶上酷暑。六公六母，不过这里跟别处一样，雄性占上风。一胎十二只，也就是常说的一窝，建筑行业叫"可承载重量"。我要了第二杯咖啡。酒吧里有个穿粉色衣服的女人，双臂抱着一条看着像哈巴狗的小狗，我始终不知道它会不会自己走路。

我想躲开喧哗，于是离开酒吧，向商场的主道走去。嘈杂依旧，只是声音变了。迎面一幅广告，画的是白色的沙子、奇异的蓝色，一位热汗淋漓的年轻女子在全力奔跑。上面写着"别再梦想生活，把梦想变成生活吧"。

人们什么都预支。也不知为什么，我拨通了启事下面所留的电话。某种召唤，某种热情，某种牵拉我的东西萌芽了，或者说再次萌芽了。你以为那是一时冲动，其实那些念头已蛰伏多年，对你了如指掌，一有风吹草动，它们就破土而出，还伪装成冲动，或者来自别处的事实。

夏多①夫人——这是她的姓——立刻接了电话，显然知道来电者的目的。她说小狗们都在，一只已经被领走，不过剩下的肯定很快都会被要走。这让我有点恼火，我受不了这种被不停催促的感觉，更不用说我本来还指望享受这一刻呢！只不过，既然是我自己动了心，我只好被这迫切的心情驱使，由它牵着鼻子走了。人是可以毫不羞耻地把爱标价出售的，尽管爱是无价之宝。

她用一种不动声色的冷漠回应我，这证实了我的感觉。不过我能理解，她也算仁至义尽了。曾经守着怀孕的母狗度过那些不眠之夜，心里默念着值班兽医的电话，如今苦尽甘来的时刻到了，爱狗之心可以得到回报了。我告诉她，如果她方便的话，周末我肯定过去看看。"肯定"这个字眼很有意思，明明应该低调地说"也许"，结果却大声嚷嚷什么"肯定"。"去看看"也不是随便说

———————

① Château也是城堡的意思。

的，这犹如牌桌上喊"看牌"，在局势不利时能为自己多争取一些胜算。

挂断电话，我坐回灰色人造大理石的弯腿小圆桌旁。这是个不伦不类的地方。我有点恍惚，是那种被冲动和谨慎撕扯的感觉。我知道一旦去了马孔①意味着什么。那可不是去做客，不是去了解新情况以便慎重思考，也不是找理由推托。后果很严重。两个生灵会相遇，他们的故事从此会交汇在一起，他们将共度数千个日夜。人是不能对新生的爱恋撒谎的。一旦我的白色货车驶向那个方向，那就不是去看看是否能领养一个生命，已经饱经幸福和匮乏的生命，而是将负起全部的责任，因为据我所知，它并没有要求与我相遇。

我曾经"有"过一条狗，叫亦可，是个绝佳的伴侣。那是条拉布拉多犬，奶白色的身子，深色耳朵。它的原主人（有些人是这么理解他们跟这个会动的物件之间的关系的，有时候也说"主子"，简直匪夷所思）给它起名叫象牙，后来卑鄙地抛弃了它。在他们眼里，这好玩的小东西就跟象牙一样，是个抢手的物件，人人争相拥有，拿来炫耀，但总有玩够的时候。那是四月的某一天，我

_____

① 法国城市，夏多夫人所在的地方。

走进布里尼亚的动物保护协会，打开一个狗笼。那里还有一百个装得满满的笼子。它已经没有乳白的毛色，象牙这么贵气的名字已经不适合它，"亦可"更符合当今的风尚。幸福美满的故事就那样开始了，那时我没想到故事会有尽头，持续的喜悦包裹着我们，在水里，在雪中，在林间，在炉火旁。我们与生活近在咫尺，我们就在生活边缘。那种快乐平和温润，却并没有持续多久。有一天，它虽然并未呻吟，但嘴巴肿胀起来，流着血。我开上父母的车，因为那车比较大，更稳当。我一直开到阿尔弗尔兽医学校，那是唯一能做 CT 检查的地方。至于给狗做这种检查是确有必要还是世风败坏，这取决于你在一个有用的世界里把动物放在什么位置。女兽医告诉我，它只剩几个月可活了，狗狗们对人类亦步亦趋，也会像人一样全身长满肿瘤。接下来发生的可怕事情证实了兽医的话，兽医们很少错判，他们真不该这样。回家的路上，我十分悲伤，在六号高速路上哭了四个小时，哭到全身脱水。祖母对我说，哭吧，眼泪憋在心里更痛苦，那会让你五内俱焚。亦可在后座上沉沉睡着，我努力让自己相信，它什么都不知道，狗狗意识不到自己大限已至。人总爱赌咒发誓，一会儿说动物有智慧，一会儿说它们蒙昧无知，就看怎么说能让自己心里好过一点。无数次自私的拖延之后，终于在某个早晨，爱战胜了不舍，我抓起电话，定下一场致命的约会。我去见了我们的兽医，或者说是它的兽医，也是我的兽医。回来时，我独自一人，被劫掠一空，除了一条项圈和一小撮狗毛，作为唯一的纪念物。针管里那几百毫升药液足够熄灭了未来，一切都无法再挽回。我相信亦可在我们的星球上是快乐的，我们有过无数计划，但我们都知道，等待绝不是最好的选择。

此后的日子里，我没有一天忘记过它的离去。我不太理解为什么生活还在继续。我现在明白了，这是一种什么样的情感。我曾经把狗牌捧在手心哭泣。领养一条狗，意味着迎接一份永不褪色的爱，从此永不分离，相伴一生。死亡是不可能的，永别令人难以承受。领养一条狗，就像抓住生命中的一个过客，开启壮阔的、定然是幸福的，又不可避免充满悲伤的生活，跌宕起伏。这种关系的结局毫不神秘，无论固执地否认，还是怯怯地设想，结果都是一样。悲伤的幽灵在逡巡、侵扰，悲喜日日角力，好让快乐占上风，把那注定的悲伤赶走，把它掐灭。生物学，也就是所谓的生命科学，很不看好跨物种的爱。如果你爱的那个孩子是同物种，时间定律决定他会在你死后继续存活，你也不会因为他的离去而痛不欲生。假如你爱的是另一个物种的生命，而它的寿命中等，按照自然的无情逻辑，总有一天幼崽会达到你的年龄，然后变得比你老，最后死去。一只狗的死去是反自然的，极端不合逻辑，荒谬之至，令人反感。幸福会变质过期，你天天挖空心思想延缓它的生物钟，把你的生物钟拨快，但都无济于事。你无法与生命节律讨价还价，狗狗终会衰老死去。加蓬灰鹦鹉的爱好者对此心知肚明，他们就不太会为了爱鸟的死痛哭流涕。让一条狗进入自己的生活，就要承认幸福必然孕育着悲伤。回忆越是久远和幸福，丧失就越难以承受，就要七倍用心地度过每一个稍纵即逝的瞬间，勇敢地去挑战每一个诱人而艰难的任务，珍惜每一个瞬间，满怀激情地拥抱生活。鉴于这一现实以及接受狗狗所需要的勇气，每一位养狗爱狗人士都让我肃然起敬。

我脑子里想着这些走出了点球酒吧，觉得是时候拿出点爱的勇气了。我匆匆回去买了张刮刮乐，运道不佳。看来要彻底转运，别无他途。

走出商场，天已大晴，真是出人意料。

我再次拨通了夏多夫人的电话，她立刻接了。我说我最后还是决定周六，也就是今天就过来，免得打扰她周日休息。我的货车车厢很宽敞，容得下一条大型犬。车子发动之前，我看了一眼远处的群山。从停车场望去，勃朗峰光彩夺目，菲兹山庄严肃立，二者都令我心潮澎湃。我的思绪开始遨游，我怕它过于严谨，就小声对它说，多往梦想那边走走。

然后，我收拾散乱的思绪，集结起全部脑力，试图拆解这趟旅行那不容置疑的目的。这可是一场力量对比悬殊的格斗，我绞尽脑汁地想诉诸理智，尽管理智往往让我害怕。我对自己说，周六其实不宜做会对未来生活产生影响的重大决定。这是个从经济上和象征层面都容易受伤害的日子。只要过去的一周有点劳累，人到了这一天就想理直气壮地随性一下，挥霍一下自己辛苦之后的残余，而且往往放松过度，做出荒唐的事来。我甚至可以大胆地提出身份问题，二〇〇二年以来，特别是勒庞进入总统大选第二轮投票后，关于某些人是否生来就比其他人优越，某些界限是否不可逾越的争论甚嚣尘上，各式各样的极端分子把他们的议题塞给我们，想让我们戴上他们的眼镜看世界，我就怕法国人蠢蠢欲动想尝试一下。马孔的伯恩山犬，这是什么蹩脚货！自小浸淫在阿尔卑斯神话里的我，对什么牧羊犬、雷布法特[1]、神秘雪绒花耳熟能详，如今却要跑到一马平川的索恩－卢瓦尔省，去看伯尔尼牛倌的象征[2]，这事透着一股退而求其

————————

[1] 二十世纪法国著名登山家。
[2] 疑指伯恩山犬。

次的味道，简直辱没我。我怎么也该去个采尔马特①那种
富丽堂皇的地方。接着钟摆又荡回来了，我开始往相反
的方向想：离瑞士德语区那种刻板僵硬远一点，狗狗将
来能过上更多彩快乐的生活。再考虑到瑞士法郎的汇率
和我对混搭的偏好，我决定选择魅力无穷的勃艮第②。人
生真是容易转向啊。

　　我扫了一眼地图。走孔弗朗松，四十号高速路，
1079 省道。

　　没我以为的那么远。跑一趟还是可以的。

---

① 阿尔卑斯山脚下的城市。
② 索恩-卢瓦尔省位于勃艮第大区。

2

两百公里的路程倏地而过，我到了孔弗朗松，法国人口流失严重的偏僻角落之一。过客觉得它可爱，居民嫌它乏味。夏多夫人住在村边，一条弯弯曲曲的小路通向那里。路的存在似乎只是为了勾画出金黄色的漂亮田地，田里种着不知道什么作物。在一个人迹罕至的拐角，一辆迪亚纳①停在橡树下。

一路上，我想象自己是一个藏书家，或者美酒专家，推开书店或酒窖的门，心里笃定自己会空着手走出来，因为这种泛泛的拜访只不过是打发时间，根本不会有结果。自我欺骗的好处是，自己很容易原谅自己，只要假装相信自己会打退堂鼓。

我没给任何人打电话讨论这趟目的明确的往返旅行的合理性。我很害怕听到怀疑的论调，出于礼貌的赞同更糟糕。我其实知道，打给谁会得到什么样的反应。这

---

① 雪铁龙车型号。

件事悄悄地开始，我觉得挺好，我暂时不想征询大多数人的意见。单身生活虽说从幸福的角度有诸多不可取，但不必征求亲人的意见，不必勉为其难求周围人高兴或维护他们的利益，也是一大优点。我仿佛变成了一个小男孩，身边陪伴着一个天使和一个小恶魔，在激烈地争论什么样的生活值得过。在我的记忆里，乐观总是占上风的。生活中有些巅峰时刻，会让人回忆起童年的经历，怀念那些相信梦想的日子。那时我们义无反顾，认为梦想指日可待，根本不把那些蹩脚预言家的训诫当回事，那些所谓的长者最擅长宣扬关于未来的悲观论调。只不过我们后来被生活磨平了棱角，任何事首先想到障碍。

途中我停了好几次。我埋头开车，都没注意走了多远。我思绪飞扬，神游八方，只有走错路的时候才回到现实。我好像要去见恋人，这让我极度心神不定，因为对方对此毫无准备，而且也许并不乐意。

面对生活中的任何争论，权衡什么可以放弃、什么该去增益，这是个有益健康的习惯，对心灵大有裨益。世上被宠坏的人们——我是其中之一——分为两个阵营：一些人不知疲倦地挥洒活力，就怕自己衰老枯萎，以勇气和热情面对不确定；另一些人则只求平安无事，除了按部就班，希望任何事都不要发生。他们日复一日过着一成不变的日子，唯一的要求是存在就好，请勿打扰。我每时每刻都努力不让自己变成第二种人，这让我精疲力尽。那么，我该高举这只小狗，大声疾呼快快投入生活吗？这也许陷入了最极致的异化，因为自由成了任务；或许是妄图凭自己的意愿决定其他生灵的命运；又或许这更多是我认为的爱，而不是它认为的爱。也许在很多人看来，收养动物就像买件饰品，犹豫不决只不过是没想好所要搭配的外套的颜色，但对我而言那却意味着许多责任。这念头搅得我心神不宁，同时又让我感到愉悦。

那是栋很大的 L 形农舍，短的那排翻新得精致时髦，屋顶铺盖着吉维尼①风格的瓦，长排则保留原貌，屋顶是黑铁皮，间杂着部分红色，看上去满是过去的回忆和乱七八糟的愿望。短翼的墙上露出石头，长翼却还是混草的土墙。显然第二代要改造父母的老房子，第三代却想恢复原貌。

地址肯定没错，这儿遍地是狗。要走进去，就算不是爱狗人士至少也得不怕狗才行。夏多夫人大概不会被法院庶务骚扰②。入口处有两条石柱，柱头雕着狮子，两柱之间

① 法国城市，以莫奈花园著称，风景优美。
② 意思是庶务会因为怕狗不敢来。

并没有门，也许将来会装上。石柱周围也没有围墙，住宅四面敞开，但主人们一定梦想过把它打造成豪门庄园。

到处都是狗！娇小的，胖大的，乱跑乱跳的，慢吞吞的，一声不吭的，大喊大叫的，热情友好的，对人戒备的，有几只圈在围栏里，大多数散养在外面自由自在。没有一只狗被拴着，全场笼罩在一片快活的喧闹里。在这里出生的狗狗们有福了，此处散发着活力、多元和宽松的气氛。它们幼年就习惯了自由，这可是无穷的财富。我在院子的中间地带停了车，怕压到迎上来接待我的狗狗。关掉引擎的时候，我暗自发誓，在接下来的几分钟里，不能轻易把这里给我的感受理想化。接着我的想法又变了，不许自己开心。这也太傻了吧，而且不停地自我承诺简直是拒绝生活啊。好几只杂种狗狗跳起来搭着车门，我差点忘了，它们可不在乎好不好看。

我下了车，刚把一只脚踩到地上，就被一群各式各样的狗缠上了。它们争着在我的浅色裤子上留下爪印，我可真是选对衣服了。狗狗们围着我，它们确实有种天赋，让你感受到自己的存在。我一只只地打量它们，想弄明白谁和谁是一家，哪只是头目，或者长老，哪只性格保守，哪只一直受排挤，我尽量不忽视任何一只。有些狗在叫，其他跟着学样，我不怕它们，这让它们好奇了。夏多夫人听到了这场合唱，带着一身肉桂味从屋里出来。她立刻制止了这场热情的欢迎仪式，狗狗们很听她的话，都迅速安静下来，回到各自的位置，只有一只例外。那是一只焦糖色的长毛狗，眼周全是褶皱。它随着肉桂味从屋里出来，趴在她的脚下，一副讨好的样子，可能是她的专宠。夏多夫人完全就是我根据她声音想象出来的样子，这种情况很少见，因为我的感觉往往与真相风马牛不相及。她深色头发，四十多岁，身体健壮，打扮有点柜姐的时髦讲究，这把她的乡村气盖掉了一半。她双手叉腰，头略前倾，眼神坚定直视前方，看起来是那种因为太有个性所以低调的人。她握手有力——这很重要，我吻了吻她的脸颊。我不信任那些表里不一的人，这很容易看得出来，而她显然不是。她周身散发着一种气场，善良而不幼稚，温柔而不怯懦，优雅而不自知——这很重要，她是狗狗们接触的第一个人类，这种最初的印象是决定性的。我们互相寒暄，她夸我这么容易这么快就找到了地方，我称赞这地方真安静，然后说我不会占用她很多时间，等等。但我感觉到她不喜欢废话，我尽量不啰唆太多。

"咱们去看狗狗吧！"

一句简单的、孩子气的话能像兰波①的诗一样激起热

———————

① 十九世纪法国著名诗人。

情，我也不知道这算不算好事，但心胸就是这样宽宏大量，对幸福来者不拒。我回答了一句"好啊"或类似的话。

我们沿着房子的一侧走。小雨淅淅沥沥，临近的田野深处出现了一条彩虹似的光谱。这是个好兆头，众多美好汇集于此。不过，我该刻意去争取吗？都说彩虹是抓不住的，越刻意追求，它越会远离，直到消失。

我们穿过几个不同的空间，有格子间，也有临时安排的区域，但狗狗们显然把那里当成了自己的正式领地。栅栏稀稀落落，目的显然在于保护，而不是隔离。这里像一个社区众多的城市，邻里和睦，有一股浓烈的狗毛味，地上不时看到狗屎，但没有垃圾堆，有些人任由自己的狗在里面瞎翻。㹴犬、贵宾犬、边境牧羊犬、猎犬，还有些我不认识的犬种，俨然一个万狗博览会。狗狗们个头、体型、毛发和性格各异，但狭隘的身份问题似乎并不存在。它们唯一的共同点是同属家犬，灰狼的后代。时间的魔力催生了奇妙的演化，狗进化出五花八门的样貌和性情，有能钻洞的小狗，有耐力超强能追捕的猎犬，有脚掌宽大会游泳、能救人的狗，有性情温顺的导盲犬，还有些狗狗没有特别的用处，却是这个世界不可缺少的存在。这些不同的犬种看上去和平共处，其乐融融。为什么我们这些起源于同一类猿猴的人类，外表相似到难以区分彼此，却会因为黑色素的细微差别而诞生出强烈的种族观念和憎恨呢？在造化的安排里，我们不是最宽容的那一个。假如我们也有那么多显而易见的差异，那该多有趣啊！也许我们就会去追求更宏大的目标，比如人类、地球或其他能让我们团结起来的东西。但事实是，我们彼此太过相似，宁愿执着于那些分裂我们的事情。

我们经过时，狗狗们骚动起来，叫着靠近我们。它们注视着我，眼神直率，似乎在恳求什么。是在求我带它们走，还是求我不要把它们从幸福的家里掳走？谁来告诉我？

还得走一段才到伯恩山犬区。它们在屋后。毒枭们也是这么安排货品陈放区的，最劲爆的东西都藏在后院。夏多夫人告诉我，之所以把它们安置在这里，是因为它们从这儿就能看见厨房和里面忙碌的人。这种狗不喜孤独，而喜欢有人在身边，喜欢看人们聚在一起，不论什么人。这是游牧时代留下的习惯，那时它们的任务还不是抚慰我们的孤独，而是其他劳作。一路上，夏多夫人为了找话题，告诉我这窝狗狗很多，六公六母，个个健康，都打了疫苗，种了芯片。我说，狗狗们在两性平等和防疫问题上这么超前，我感到欣慰，但我只怕将来有一天，为了有迹可循，我们每个人也会被编上号码。女主人带着职业微笑，有礼貌地表示同意。假如幽默是一种防御，一个人玩就难免孤军奋战。

我看见一只母狗，眼神疲倦而戒备，后来我才知道它就是母亲。它在歇息，享受哺乳间隙。我脑海中浮现出巴尔干地区常见的成群结队的母狗，乳房肿胀，一年生产一次，产崽的数量与体格的健壮程度成反比。而那些幼崽，注定要永远漂泊。至于父亲，可能是那边叫声洪亮的大猎犬之一，它们都装出一副对家庭事务漠不关心的样子。

接着我们到了幼崽生活区。这是个美丽的场所，平原一望无际，面向太阳升起的地方，没有寒风侵袭，宁静安详。降生在这样一个气场大的地方是一桩幸事。这里地平线深远，空气清新。狗崽们一个月零四天大，明天就一个月零五天了。像所有小狗一样，它们生下来时又聋又瞎，全靠父母保护，最初几天除了吃就是睡，幸福得无所事事。它们应该也喜欢这样。夏多夫人告诉我，近一个星期以来，它们偶尔会睁开眼，在难得的清醒时刻，表现出对母亲的大肚子之外的世界的兴趣。要探索的东西太多了，它们那小小的狗窝已经算是个无垠的世界。睡着的时候，它们四仰八叉，借用兄弟姐妹的身体彼此取暖。寒冷是它们的头号敌人。日后它们才会战胜这个敌人，连外衣都不需要。

我听到有东西在尖叫，打哈欠，咕咕哝哝又哼哼唧唧。声音来自一座老旧的木板房，仿佛那里藏了一个蜂群。我试着重温自己几个小时之前的决心，绝不买狗。可惜我的决心就像蒲公英的茸毛，看似浑然一体，只要幸福的憧憬之风一吹，茸毛就四处飞散了。夏多夫人告诉我，她时不时把母狗和狗崽们分开，好让它恢复体力，小狗们太能吃了，它难以休息。我边听她唠叨边琢磨，她为狗狗们付出了多少劳动，尽管别人很容易认为她只不过是为了赚钱。她夜里也睡不好，听到一点哼哼声就爬起来，给狗狗们喂食。照料它们，天天遛狗，清扫狗舍，还有些我这种访客想象不到的别的活儿。最后，她还要看着它们离开。她弯腰取下木门闩，告诉"孩子们"有客人来了。两个母亲，两份别离。我的胃揪了起来，心脏敲击着胸膛，马上就要见到那个从早上，从太初之日起就让我日思夜想的生灵了。我一向认为敏感是世上最强大的力量，此时此刻，我感到自己同宇宙融为一体，我就是全能的上帝。

门开了，相遇的时刻到了。时不再来。

新世纪还不满三年①，但我与它的故事已经开始了。我老得记不起前一天发生的事情时，心里仍会铭记某些瞬间。

———————

① 作者买狗是在2003年。

　　一群毛茸茸的小东西七歪八扭地移动着，它们挤在一起，分不清哪只小脑袋是哪个小身子的，又是哪个小东西在哼唧。有的在吱吱叫，有的在打滚，有的跌跌撞撞。小狗们一只只互相跟着，好像只要是在动就好了，一个洋溢着活力的群体。什么样的铁石心肠才狠得下心把它们分开呢？我的家人都是体育老师，练就了一项本领，能迅速准确地清点参加某项活动的个体数量，并且立刻知道有谁缺席。我的眼光迅速掠过这熙熙攘攘的一群，数出一共十一名选手。其中一个戴着粉色项圈，看着与众不同，已经被预定了。我又数了一遍，还是十一。它们在我们两个人四只脚前面停住不动，像是遇到了四座拦路的大山。还是十一只。《74省报》不是说十二只吗？

　　养狗的人爱说是狗选择了自己，而不是相反，这说法很让人受用。好像这样就能给自己平淡无奇的生活添一点光荣的兽性，愉快地幻想自己与野兽有亲缘关系。连污泥都害怕沾上的人类，居然梦想变成野狼。这是个愚蠢的想法。

　　就在此时此刻，狗选择了我。

　　十二号进入了我的生活，带着被期待的那种悠然自得。

3

犬类行为学是一门让人泄气的科学。

当你指望靠它搞懂狗狗的时候，它就会给你扯一些什么等位基因啦，狡猾的突触啦。笛卡尔主义认为什么都能解释，什么都能剖析。多可悲啊！所以狗的面孔在几个世纪里发生了变化，离孤狼的样貌越来越远。眼周长出两小块肌肉，这个基因突变使眉毛更突出，眼睛更大，给了狗狗如今这种楚楚可爱的表情，明信片上印得到处都是，让人一见就动心。眉目传情没准只是动物为了得到食物的机会主义行为，这聪明的战略家只不过拿准了两脚兽的弱点。这种理论是不是太冷冰冰了？不是这回事。一定不是这回事。

十一只小狗在我们面前挤成一团，至少过了一分钟，它出现了。它，我的狗狗，仿佛来自深渊，看不见东西，眼前只有一片亮光。它孤零零的，卓尔不群，完全不着急见到我。这是天意，没错，大胆地用这个词，我别无选择，这是命中注定的相遇。它本来可以用那刚刚睁开不久的眼睛注视周围的千百样奇观，比如一片飞舞的叶子，比如某个兄弟，或者这位味道熟悉的女士，然而它却把凝视献给了我，仿佛我是世界上最神秘的事物。我们就这样对视着，像被磁铁吸住了一样，眼睛都不眨；像初相识的恋人，玩着那个谁先闭眼谁就输了的儿童游戏。这游戏就这样开始了，直到我们当中一个永远闭上双眼。这只狗从此就用它专注的眼神追随着我。我知道透过这两扇灵魂的窗户，它洞悉了关于我的一切，包括我竭力隐藏的东西。

这几秒钟的经历，是因为我们热切期待，动摇了现实？事实如此，还是我们一厢情愿的想象？这疑问折磨着人们，因为他们不相信自己有改变命运的能力。其实，究竟是先有母鸡还是鸡蛋，又或是海马体的把戏，这些并不重要。事情确实发生了，它看着我，我看着它，我们对彼此说，就是你了。这时，天翻地覆，一种更宽广的生活向我们敞开了神秘的怀抱，仅此而已。

接着，它突然加快了动作，从习惯的沉思中醒来，迈着急切的步子向我走来。它对十一个兄弟姐妹毫不在意，不客气地踩着它们，一只爪子踩在旁边狗狗的眼睛上，另一只爪子又拍在另一只狗崽的眼睛上。它用两只小小的前腿抱住我大理石条纹的裤子，想爬到我身上来，眼睛仍然凝视着我。小小的它一定觉得是在仰望天空。对于变成巨人的我，这样被哀求，被仰望，我感到很不习惯。

在这种情感浓烈的时刻，为了不让堤防溃败，只好故作轻松。随便从哪儿抓来半句笑话，巧妙或笨拙地抛出去，就算是躲过了感情流露，保住了面子。很少人有勇气暴露自己的脆弱，总有一天，我们会像"金继ぎ"①匠人一样，用金边装饰我们心上的裂缝，把伤感做成精美的艺术品当众展出。我是不敢表现出软弱的，只得把轻浮当作最后的武器。我揉了揉眼睛，抱怨这该死的风，然后祭出那个关于瑞士人动作快的老笑话，说这只毛茸茸的十二号可是个反证啊，它可是自己怎么舒服怎么来呢。我用那种可笑的口音说了个莱蒙湖着火②的拙劣笑话。

"它？……不可能！"

没错，讲完了沉重的笑话之后，我开始思考性别问题。我确定这是只小母狗。除了雌性，谁摆得出那副又冷漠又能骗取别人信任的样子？我们常常掉入这种陷阱。

---

① "金继ぎ"或"金繼ぎ"，是一种日本传统的陶瓷修复技艺，强调在修复过程中使用金粉来强调裂痕的美感。
② 法语中"莱蒙湖又没着火"这句话常常用来嘲笑瑞士人办事拖拉，说这话的时候还要模仿瑞士口音。

夏多夫人把它抱起来，说不可能，这是只公的，如假包
换。她笑嘻嘻地说，外表上该有的什么都有。记忆瞬间
闪回，我仿佛又站在奥约纳克斯初中那逼仄的护士站里，
校医每年十月[①]第一个礼拜都忙着脱下全体一年级男生的
小船牌内裤，看看他们的蛋蛋是不是正常长出来了。不
合格的来年三月再来检查，整个冬天他都将是大家嘲笑
的对象。因为前几天刚刚学过重力理论，我在进去被检
查之前拼命地扭动身体[②]。后来每回碰到校医的丈夫我都
脸红。无论是开心还是尴尬，没有任何东西能像记忆一
样，把你拉回到某个确定的时刻，而且，这总是来得那
么猝不及防。

所以这是个公的。可笑的是，这让我感到更有安全
感了。我其实没有偏好，或者说没想过这件事。母也好
公也罢，我只不过想要一条生灵，给自己的生活增加一
点活力，让生活多一点灵气。

我请主人允许我碰它，毕竟这小东西还不属于我。
我跪下来，揽它入怀，像抱新生婴儿一样。据说犬类在
被驯化的过程中，好几个因素促成了它与人类接近，其
中之一就是人喜欢把狗当成自己的孩子，人需要共居，
人还可以靠狗取暖。好吧，那就先当回爸爸吧。不需要

---

① 法国学校十月开学。
② 想借重力让睾丸更下垂些。

托住它的脑袋，它整个身体都在我微微颤抖的五指中。它没有扭动，也不像害怕的样子，虽然自己被握在一只足以碾碎它的手里。它已经很大胆了，或者很聪明。它安静地待着，没有刻意讨好我，半睁着它玻璃样的眼睛，简直像只小老鼠，除了没有牙，没有长尾巴，也不让人厌恶。我们互相致意，像两个对自己的阳刚之气非常自信的男性，开始你侬我侬起来。我用那种在小动物面前会不由自主发出的细声细气来说话，似乎感觉到它的心脏跳得厉害，也许它那颗小豆豆已经明白自己征服了什么。动物行为学家们大概已经有著作研究心肌的鬼把戏。（不过话说回来，假如他们的结论是生物在长期的演化中会变得更加适应共居，那我愿意给他们点上一个最美好的赞。）夏多夫人似乎喜欢数字，她跟我咬耳朵说，小狗的心脏一分钟能跳两百次。"真是不得了。"我回答说。

不一会儿，我的拼图就被打乱了。几千块小木片本来已经整齐地拼成一块木板，严丝合缝，近乎完美。我自认为做得天衣无缝，一切都看上去那么有理有据，逻辑严谨。虽然还没有拿胶水固定住，但大局已定，我只不过来随便看看，庆贺某只小狗的出生，而它只是成百万只狗崽之中的一只，看完之后我就会回去过我的岁月静好。这时，某个跟我很像的人站起来，迈着坚定的步伐走过来，碰到了木板的一角，恰好那一角拼得不是那么工整，几块木片散开了，美丽的拼图瞬间崩溃。一切重归混沌，重建需要很长的时间，而我发现自己根本就不想重建。这一刻，得多么无动于衷才能让自己退回原处，捡回曾经坚定的决心，对诱人可爱的未来转头说不？谁都做不到，除非那些完全不懂心灵相通的人。就这样，转换器开动了，几秒钟之内，曾经下了几小时、几天的决心就彻底转了向。大家都知道，当一个人拼命想说服自己相信某件事，意味着他很快就不相信了。

我把狗狗放在地上，像放一件珠宝一样小心翼翼。夏多夫人一句话也不敢说，生怕破坏我的购买冲动。我问她什么时候合适，什么时候可以过来把它带走。问题直截了当，何必再拐弯抹角呢？我知道自己做了个正确的决定，因为根本无须我决定，一波一波的老生常谈拍碎在那堵叫"显而易见"的墙上。

"一个月以后。"她说。时间运行的速度似乎从来不尽如人意，要么短得像一念之间，要么长得像一个世纪。她没问我是否确定选好了，就从口袋里掏出一条蓝色项圈，拴在狗狗小小的脖子上。狗狗们也逃不脱被强行标志的命运啊！我怕到时搞混了，便记住这只小狗是体型最纤瘦的那只白色母狗的崽。不过我知道，就算不这么仔细，我们也能准确相认。夏多夫人建议我拍照留念，我一听就更放心了，乐意从命。这将是我的 B 超照片，我会像那些大惊小怪的父母一样，拿着它到处炫耀，以为全世界都感兴趣。她的宝丽来相机吐出一张照片，上面是一只漂亮的小狗和一个傻乎乎的男人，后来它也一直是我们当中最上相的那个，我永远都会被它比下去。我们开始回到屋子的阳台那里。这时我随便编了个理由，回去找那只耳朵稚嫩、还没有名字的小狗，十分钟前我还不认识它，而且它这会儿没准已经把我给忘了。好心的夏多夫人假装没看见。我们这下单独相处了，我小声对它说，我会回来的，让它不要担心，但要把自己藏好，别让其他买主看见，还要好好享受和兄弟姐妹相处的时间，以后我会一直陪着它，我们一定会幸福。还有，我感谢它选择了这个星球，这个时代。这么小的狗狗是没有听力的，但心的语言不需要声波。

就在这一瞬间，我知道另一个生命即将加入我的生活，充实和展示我的未来。这只臭烘烘、傻乎乎的小狗，对世界毫无用处。别人对它要么视而不见，要么拳打脚踢，可它一心只盼着跟我在一起，与我幸运相伴，真诚面对生活。这将是一种无条件的爱。它会不在乎很多事情，不在乎我的地位、财富、品德和缺陷。它会帮我弄明白什么是真正重要的，我们一起把此生删繁就简，专注于最本质的东西。它会给我的生活注入野性，它和我都永远不再孤单。这足以保证我们的幸福了。我们将福祸与共，分享眼泪和欢笑，分担荣耀与困苦。它将一直伴我左右，与我共同度过生命中的起落沉浮，忠诚而毫不动摇，从不评判我，随时愿为我献出生命。它会使我变得更强、更好。这种关系可不是能轻易得到的。我知道我们的共同生活会有悲欢曲折，但通往幸福的道路历来都是折磨铺就的，幸福从来不可能唾手可得，唾手可得的不是幸福，而是别的东西。

走进厨房前，我最后回头看了眼十米之外的幼犬生活区。谁知道它是不是还在看着我呢？

厨房里有把椅子，上面搭着一条围裙。桌布上印有草地和磨坊，空气中回荡着钟表的嗒嗒声，每一秒都那么郑重其事。夏多夫人用农庄咖啡招待我，她从那种永远都盛得满满的、永远保温的咖啡壶里给我倒了一大杯，杯子大得得分几次才喝得完，像分集的连续剧。她请我尝尝苹果馅饼，我说好啊，一小块就好，结果她端给我一大半。这地方人人都身体健硕，体重算什么，只有小牛才上秤呢！我们起草了几页合约，她说我写，我好像是在签认债书。我这时得知，小狗的母亲叫忒弥斯，父亲叫萨尔托，那么它是公正与灵巧的后裔[1]。这血统可不寻常。我问夏多夫人，为什么女孩总起好学生的名字，男孩的名字都像淘气鬼。她说，这是个文化现象。要改变这种观念，就得靠润物细无声的长期斗争了。我们端着印有蓝兔子的马克杯，边喝边聊。

各行有各行的规矩。我得付点定金，这样夏多夫人才能放心。她的算法是，三个字母[2]就三位数。900欧。至于这算多还是少，因人而异。广告里说了，这狗有LOF证书，我也没必要假装吃惊。其实我也可以回头再确认，不过我还是同意付定金。至于血统谱系，跟所有那些需要盖章认定的贵族标志一样，我对此毫无兴趣。我绝不会拿人们那套对纯种的狂热对待一只动物，也不会强迫它戴上什么纯种挂饰。纯种比混血高贵，这种观念让我觉得毛骨悚然。不过没关系，我付了钱。就算把钱包掏空也没关系，如果有必要，我就破例一次，这狗值多少钱我就给多少钱。我原本可以回动物保护协会，来个一举两得[3]。我就往那一站，等着某只狗狗来选择我。但没办法，报纸上的小广告让我丢了魂。如果可以，我愿意一次付清，好让小狗彻底进入我的生活。

---

① 忒弥斯，希腊神话中的正义女神，萨尔托意为"跳跃"，体操用语。作者这种幽默的说法可能表达了公正与灵巧不可兼得的意思。
② 三个字母疑指LOF，即法国纯种犬认证。
③ 指用这种方式既领养了流浪狗，又满足了自己养狗的愿望。

"想好给它起什么名了吗？"

对待爱宠也有限度。无论怎么样也不至于给它举办洗礼，正儿八经取名。

"还没有。"

"如果回来领狗之前您想好了名字就告诉我，我先让它习惯习惯，这样比较好。"

我不确定自己是不是愿意让别人而不是我第一次用名字叫它。

我向夏多夫人道再见，一心想着再去看看它，可我没敢提。

回到货车上的时候，想到自己轻而易举就改变了主意，我不禁大笑起来，不过心里也有点自豪。虽然我一直很钦佩那些主意坚定的人，却对老是犹豫徘徊的人有种改不了的偏好。

回家的路上，我有些飘飘然，仿佛飞离了地球，但又感到无比踏实。每次小小的冒险之后，我总会有这种感觉，似乎一切都在冲我点头，到处都是吉兆。在这种罕见的时刻，一切都那么合适，生活被幸福的火焰照亮了。在广播里，苏雄[1]唱着《渴望理想》，一个女批评家

---

[1] 法国著名歌手。

在恭维让 - 诺埃尔·庞克拉齐，他的《一切发生在瞬间》
获得了法兰西学院小说大奖。还会有人从哪儿冒出来，
劝我选择体面的、令人尊敬的生活方式吗？我已经在计
划度过充满欢乐、没有一刻虚度的一生，从今往后，会
有一只令人愉悦的节拍器 ① 帮我实现计划。

　　我的海蓝色外套上沾上了一些小小的绒毛，有白的、
黑的，还有几丝棕色的。

　　我们像两块互不相干的布料，被命运的触手蹭到了
一起。生活似乎是在要求我施展炼金术的手段，炼出点
什么东西来。

---

① 指养狗需要每天定时进行某些固定的活动。

4

回到位于布尔歇湖畔的家，公寓似乎显得比平日更空荡荡了。也许是跟方才的热闹比较的缘故。接下来的一个月我将在等待中度过，愉快而急切的等待，期待最终得偿所愿。但如果这一个月能过得快点也不错。为了不让自己太急躁，我求助于想象，因为想象这东西特别巧妙，它既能打败急躁，又能让人享受那份急迫感。急躁让人上火，想象只是令人激动。结果，神奇的事情发生了，等待不再揪心，而开始让人感到充实，对幸福的预告也成了幸福。

我在房间中席地而坐。房间宽敞，地上有些灰尘。我想象着狗狗把这儿变成它的领地。它在公寓里大叫、奔跑，在铺了瓷砖的地板上打滑，还经常撒尿，一会儿撞上桌子腿，一会儿趴在地毯上，骨碌骨碌地转着眼珠，听到一点点的声音就竖起耳朵。它追着自己的尾巴团团转，见到什么都想咬一口，还往窗玻璃上哈气，到处留下痕迹，干各种无穷无尽的蠢事，一遍一遍，没完没了。

我不知道它会先毁掉哪件东西，如果是贝尔纳叔叔给的那盏带流苏的绿色台灯，我就得温和地骂它几句。在浴室里，它会久久地盯着洗衣机里转动的衣物，试图用爪子让它们停下，如果右爪够不着，就伸左爪。它的好奇心倒不至于毁了我的生活，但我只想象得出它小时候的样子。它很快就会把瞭望台设在能观察到我所有动静的地方，好捕捉我的一举一动。"蓝项圈"会按它的方式重新安排屋里的空间，我们会免了签同居协议的麻烦。不久之后，我们两个身上的数十亿细胞会混在一起，我们互相寻找，互相追逐，互相改变，互相满足。它要住进来并不费事，两只盆子，一个垫子足矣，狗狗不会给你添多少麻烦。它的零食桶随便扔在哪个地方，每天晚上，它都会让我去找出那只桶到底在哪里。它就在这里，我已经感觉到它的存在，脑袋贴着我的膝盖，安详的喘息、雨后散发的味道，想象到极致时，就会真切地感受到那个身体。萨满巫师们都说，人在宁静时的通灵状态，能跟相隔很远的生灵拥抱。我瞥了眼窗外的小花园，心里说："快点来吧。"——这显然是无视当下。都说失去幸福之后才能体会幸福，这说法我很怀疑。幸福在它成形、在它到来的时候，就已经能让人感受到了。

　　我对这次结缘无欲无求，但又满怀期待。也许在三〇〇〇年，在最终清算的时刻，我想我会发现，这件事像那些真正的爱情一样，带给我的是与我的预期截然不同的东西。

我想着得通知房东，我马上要养狗了。这可是我当初搬进来的条件之一——"您肯定没狗吧？"我说没有，当时我可不是只能这么说吗？如果房东只能接受小型犬——开大车的人通常都这样，那我们还能住几个星期。最不济会被赶出去，那我们就转身，耸耸肩，离开就是。

在等待的这个月里，我有件要紧的事要做，其他一切都不重要。必须如此。

自从别过夏多夫人，我脑子里就想着这个。要起个好名字。

我也可以不给这条狗起名字，反正宠物们是不在乎什么名字的。这将避免把人类的那一套强加给动物。命名可不就是最初的控制吗？没有名字，我就不会呼唤它，它来不来就随自己的意愿。这个想法虽然好，可是我又怕少了很多亲密互动，而且我只能冲它吹口哨，这也不体面。

我也可以管它叫 X23，科学家就是这么给抹香鲸命名的，他们生怕自己爱上某个异种生物。命名可不就是第一次表白吗？这是人神同形论的反面，有些人就是拒绝承认自己与动物的相似性，他们离动物远远的，永远都不肯去了解它，就这样错过了共存的幸福。至于我，我自知与"蓝项圈"差异足够大，所以不怕跟它太亲近，不怕造成什么混乱，就算按人类的习俗待它，比如给它命名。因为对人类来说，有两次出生：一次是落地呼吸，一次是被命名。所以，我就算给它起个名字，也不会因此成为它父亲。

我琢磨了好多天。有时候我冥思苦想，心无旁骛，查字典，翻书，做笔记，写了又画掉，挑选，排序。有时候我不去想这事，反而有灵感自己冒出来。偶尔我觉得似乎已经找到好名字了，但又模模糊糊地感到还不行，还有别的名字在哪儿等着我。

给一个生命起名字，这可不是什么无关紧要的事。人人都知道，一个不合适的名字能有多别扭。它像一个私人标签，紧紧粘着你，可又不是你自己选的。最好的结果不过是你老了，终于习惯了。但忍无可忍最后大费周章去改名的大有人在，也有人宁愿另起个外号。我的朋友们管我叫潘潘，听着像村里的傻子。可我觉得这外号比我的正式名字好听十倍。

命名是从当下挖掘灵感，低调地竖起自己的故事的纪念碑，还暗含自己的种种小偏好；命名是给全世界写信，启动未来的一切，坚信被命名者会深受影响，成就我们自己未成的伟业，这就是命名的意义。二十六个字母囊括所有。

给"蓝项圈"起名时，两件事帮了我的忙。

第一件事关声音。得起个短促响亮的名字，这样当它在五光十色、人声鼎沸的城市公园里流连时，我很容易叫它回来。不是为了显示我是主人，而是为了外出时有规矩，尽管在家里它可以随意撒欢。这是绝对原则，名字可不能温良恭俭，得洪亮干脆。设想你站在乱糟糟的一大群人中间，这里面有些人爱狗，有些人只求世上无狗，而你的狗狗只有在你命令它"不许听话"的时候才听话。你孤单单一个，喊着它温文尔雅的名字，心里祈祷着它没闯太大的祸，不会给你招来难以接受的责备。只有脑子里这样想象过后，再参考以往的经验，才能确定起什么名，才能明白那些个高贵可爱或异国情调的好听名字是多么不实用，必须从名单上画掉，比如"尼莫希纳"或"阿波利奈尔"这类名字，不管含义有多好，对希望活得轻松的人是绝对不合适的。

第二个帮助来自法国养犬协会从一九二六年开始，他们每年都会公布一个字母，作为当年出生的狗狗的名字的首字母。你可以觉得这么做很傻，也可以完全不理会。不过，这么给狗起名，立刻就能知道它的年龄。人其实也该这么办，免得有时候必须知道对方的年龄，又因为那些个矫揉造作的规矩不能明着问，如果根据名字能推断年龄就好办多了。二〇〇三年的字母是 U，这是好事，剩下的选项不多了。"蓝项圈"出生在发音紧闭双唇的 U 字母年份，看来它的使命就是来帮我的。

那就想个 U 打头的名字。这名字既要体现一点我的个性，又要足够隐晦，循循善诱而不强加于人；要足够中性，亦刚亦柔，给刚出生的狗狗充分的自由，让它即使长成五十公斤的大狗也能凭这个名字永远保持温柔。这名字要能陪伴我们十几年，直到永恒，它要抓住所有的快乐，以最好的方式面对痛苦。这名字要指代它，也许定义它，但必定不会辱没它。这名字要跟我的名字连在一起，就像文身终生伴随。有一天，我觉得找到了，"乌托邦"，多么美好的名字。只是三个元音有点多，而且像所有寓意美好的名字一样，它太女性化了 [①]。

第一场霜降来临了。生活在山区的人对季节的变化很敏感。如果不知道月份，睁眼看看就行，周围的环境会告诉你一切。秋天了，绿色夹杂着棕色，天空碧蓝，山峰再次被染白，色彩微妙变幻，光影流连。我想念寒冷和脸颊刺痛的感觉，因此决定在某个下午，去猫齿峰 [②]

---

① 乌托邦（Utopie）在法语中是个阴性名词。
② 猫齿峰，阿尔卑斯山脉山峰，位于法国东部。

山阴的斜坡漫步。这有点迎接冬天的意思。对面，在尼沃莱十字架①下方，大自然像是着了火，西边的太阳火力全开。我最后一次孤单一人徜徉在这片美丽、冷峻而又光芒四射的黑暗中。我好像藏起来了，但光明却近在咫尺。萨瓦人管这片背阴的山坡叫"反面"，或者"背面"。这里像一个逆世界，生命潜伏着，却不会僵死，隐在世界的边缘，却没有被放逐。我脑子里满是登山史上的壮举，先驱们挑战险峻的北壁时勇敢无畏。我还想到了阿尔卑斯山脉的漫长历史，从前的男女生活艰苦，住在背阴的地方，把阳光留给作物，那是生存的希望。那时人们天天在外面讨生活，根本不缺维生素 D。

突然，"嗒"的一声，那个小小的困扰一下子消失了。

我怎么没早想到呢？对显而易见的事情，人们总是想半天。

这么清晰明了。

字母，四个，就像从土到火。

元音，两个，逃避光亮，但不拒绝幸福的碎片。

两个元音铿锵响亮如一人。

UBAC，乌巴克。

---

① 阿尔卑斯山脉的一座大十字架，位于尼沃莱山。

5

乌巴克在厨房。我可以认为它在等我。

我透过窗户悄悄地看着它，简直没法相信一会儿它就要跟我走。就是它，没错，如假包换。我认得它小小的身体，还有它挪动的样子，半是笨拙半是灵巧，摇摇晃晃的。它很漂亮，漂亮得不像真的。我看着它探索世界，它的小鼻子贴着地板，每走十步，就遇到一个崭新的星系：一条桌子腿，一袋子土豆，两块木柴，一只拖鞋，又一条桌子腿，又是那袋土豆。任何一件宝贝都不如下一件更有价值，它只管埋头向前。每当听到什么声音，它就停下来，好奇地想搞明白状况，它知道自己还有多少东西要学习吗？

生活的列车有时会把你送到你恰好该出现的地方，虽然这种情况非常少见，甚至根本不会发生。什么都恰到好处，光照、声音、人事、天意。仿佛老天运作了一切，就为了给你安排这个场面，这个你得努力去扮演的角色，尽管之前种种都看似偶然，或者意外，尽管你似乎一直是个看客。

夏多夫人让我躲过了兄弟、母子骨肉分离的场面。乌巴克待在厨房里，似乎是从石头缝里蹦出来的。也许它们流过眼泪，也许它曾恐惧地嚎叫？把一个生命从亲骨肉身边掳走是不人道的，人类会为此受到道德谴责和法律惩罚。至于动物，它们什么都感觉不到。人们爱怎么说就怎么说。这么一来，很多烦恼都迎刃而解。说到底，人对动物还不是随心所欲？乐意了就把它们捧成楷模，永远正确；不乐意就捏着鼻子，嫌它们无情无义。

我没有敲门就走进厨房，主人是这么交代我的。

乌巴克停下探索，向我跑来。别人肯定教过它该怎么做。它的表现堪称完美。我抓住它，把它放到我脖子上。或许我该蹲下来，跟它来个接吻礼或是什么。它小小的舌头有点粗糙，像吸墨纸一样，嘴里的味道也不是第二次约会该有的味道。它用自己尖利的小牙轻轻咬着我的衬衣领子，接着是我的手指，但我用手指温和地制止了它。它个头长大了一倍，但瘦得能摸到肋骨；身上长出了一层短短的绒毛，鼻子和爪子变成了淡粉色，鼹鼠似的小爪子可爱至极，眼睛也不再黏在一起，小尾巴欢快地摇着，活像个调成一分钟二百次的节拍器。它露出小辣椒似的小鸡鸡 —— 女护士看到一定会毫不客气地训斥它 —— 在我身上撒了点尿，可能是太高兴的缘故。

我的天哪，它真好看。我问夏多夫人是不是这样，她回答说是啊，就是好看。她穿着蓝色的连衣裙，眼睛湿润地看着我们，这样的一幕她永远都看不够。我小心翼翼地把它放下，谁见了都会说它碰到好人了。我们坐在铺着草垫的橡木椅子上，咖啡热腾腾的，打了蜡的桌布擦得很干净。这个厨房里似乎永远都备着一块热乎乎的馅饼，今天是梨子馅儿的。

"那咱们就算办完了。"

"没错，办完了。"

"给它起好名字了？"

"乌巴克。"

"好听。"

"我也觉得好听，但位置不好。"

"我想起上学的时候，我总是分不清哪边是朝阳的。①"

"我也常搞错。"

"比起现成的答案，我更喜欢问题。"

"那好啊，问题天天有。"

我还有最后几个文件要签，包括一张支票。她在一个小本子上写了些什么递给我，是健康证书，上面写着"乌巴克"。我居然激动了，挺傻的，因为在此之前这个

---

① 乌巴克也是登山用语，指山峰的北坡，也就是阳光比较少的一侧。

名字我只是说说。她告诉我接下来打疫苗的程序，又交代了一些过渡期需要注意的事项，包括一天几顿饭，零食的牌子和分量。她是个有分寸的女人，用建议而不是命令的口气告诉我这些，也知道怎么提醒我又不让我焦虑。"会顺利的。"她对我说。但愿老天听到她的话。这间厨房就像我的减压舱，我彻底脱离了一个世界，不可反悔地进入了另一个世界。旧的终结，新的开始，退路是没有的。签了几个名，怀抱三公斤重、毛茸茸的小东西，我的生活天翻地覆了。乌巴克开始像它以后常干的一样，努力打破严肃的气氛，突然对女主人的爱宠的后半身发生了兴趣，把小小的前腿搭在那只狗的后胯上，毫不含糊地动作起来。另一只显然不情愿，我跟夏多夫人都笑了起来，狗狗们都有这本事，能破坏一切仪式感，或者说帮助人们逃避仪式感。它虽然还未完全通狗事，却显得很早熟，充满活力。后来，在我们共同生活的日子里，我一直都想搞清楚，我这位雄性伴侣求偶的目的，究竟是为了满足肉欲呢，还是为了繁衍后代这种伟大目的？有一天它兴致勃勃地抱住我年过八十、一头鬈发的女邻居路易丝的腿，我终于明白了，事情并非如此。

乌巴克在我脚边卧下，乖得像是用标准手册培训出来的模范宠物。它累坏了，这一个小时里它做的事比出生到今天还多。夏多夫人告诉我，它跟兄弟姐妹一起来过这个厨房，她让所有小狗都这么做，好让它们习惯环境的变化，习惯吸尘器、让-皮埃尔·贝诺[1]、开关的门，以及人类的各种动静。我感谢了她。这好蠢，为什么不反过来，让人去适应动物的沉默呢。

我们的共同生活就这样开始了。这不正常啊，按说要约会好多次，心怀希望，忐忑不安，送玫瑰，念诗，谨慎小心地安排一切，直到两人步调一致。跟狗就简单多了，一个人进去，一人一狗出来，没有日久生情的过程，但情感浓度却更高。

"我了解我的狗……所有的狗。我感觉到乌巴克很开心跟您走。这么说可不是为了让您高兴。"

"但我听了确实很高兴。"

它真愿意跟我走吗？这么开心？在接下来的那些年里，我反复自问，而所有答案都只是人的解释而已，漂亮的、可怕的解释。

"如果是人，我们至少会知道，他们会说出来。"

"可人不一定会说实话。"

我很想跟这个女人再聊上几个小时。也许我正在爱上她，不是爱她这个人，而是爱她代表的东西：爱，或

---

[1] 法国著名电视主持人，主持午间新闻。

者说爱的源泉。

我站起身，乌巴克跟着我。谢谢你，小东西，多亏了你，这一刻没那么难过。假如要我单方面靠蛮力决定你的命运，那我恐怕不能接受。我和夏多夫人互相道别，两人都掏出了纸巾，两人都傻傻地哭了。后来很多年，我坚持给她发乌巴克的照片，好像尽职的狱卒，证明囚犯还活着。

我们（没错，是我们）离开了农庄。我挥手道别。我让乌巴克也说再见，然后为自己荒唐到这种地步大笑起来。

出了大门拐弯时，我发现这地方叫"柴房"，上次来的时候没有注意。这个词意味着"结束"或"消耗"，但我感受到更多的是热烈的承诺。我把这个想法告诉乌巴克，它好像很赞同，像汽车后座上的玩具狗那样点着头。后来我们始终保持着讨论事情的习惯，我总是问它有什么想法。这个传统可能就诞生在此刻，因为道路颠簸，它不停地晃着脑袋，像在点头。我们聊天的时候，它偶尔对我的老生常谈表示厌烦，不过大多数时候它都是专心听我讲，并给予赞同。有时候我试图让它说点我想听的，但被它拒绝了几次，我只好接受它的绝对诚实。

我把它安置在长形带篷货车的前座，这样它能看得更远。它贪婪地看着窗外，不放过一点风景。世界快速掠过，没有任何东西是固定不动的。

"你知道吗，世界不总是转得这么快的，如果我们愿意，可以慢一点。"

有人说小狗旅行的时候应该放在狗笼里，这样对它比较好，对大家也更安全。什么生灵要被关起来才更安全？如果说刹车会有危险，那我们就不刹车了。乌巴克看起来不晕车，这是个好消息。因为我们还得去看大海，去爬远方的高山，去看地平线和巴塔哥尼亚。每次我因为红灯或别的原因停车时，乌巴克总要来个大穿越，蹿到驾驶员座位上。我觉得它可能想躲在我两腿间，便对它说不行，可"这不行"听上去更像是"随你便"。于是它一会儿跳过来，一会儿跳回去，一会儿又摔一跤，反正它是在自己的地盘上。

在收费站停车缴费的时候，坐在岗亭里的女收费员一看见它便喜笑颜开。它太好看了。小狗出门就是这样，人见人爱花见花开，除非铁石心肠。不出半分钟，人们就把自己的品位啦偏好啦抛到脑后，停下手头的事，目不转睛地盯着这个弱不禁风的小可爱，俯下身来用童声感叹道："天啊，它真是可爱啊！"有时候这种场面会惠及主人，让你以为那些个赞美多少也是说给自己听的，只不过希望很快就会破灭。别人对美的礼赞，顶多让你与有荣焉而已，这就很不错了。幼犬们如此被喜爱，是因为它们从不刻意讨好，它们只是做回自己，这就足够了。美而不自矜，这是一种高级的快感，属于上天的恩典。我们这些爱开屏的孔雀真该学着点。动物有一种特质，哲学家们称之为"纯粹的馈赠"——我并没想刻意给你，但给了你也没关系，别以为这是特意给你的，这份馈赠人人都可分享。假如它给我们带来益处，我们何乐而不为，馈赠万岁！这就像那不勒斯的咖啡，挂在那里，按需取用。①

大多数情况下，赞美过后，人们会问它多大了，是女生吗，叫什么名字呀，然后充满羡慕地叹口气，说自己也好想有条狗陪伴。每次我都机械地说，只要想养就可以养啊。这时候大多数人会抛出一个他们已经重复了那么多遍、自己都信了的理由，比如下班没点啊，假期家里没人啊，公寓没阳台啊，配偶心肠硬啊。总是缺点什么，得等一切都准备好。这永远是最好用的借口。很小一部分人会承认自己没勇气。还有最后一类人，就叫他们老实人吧，赌咒发誓说他们再也不养狗了，因为"它死的时候"自己伤心得不得了。我从来没搞明白，他们怎么能对着眼前活泼的新生命谈死亡，将来谈死亡的

① 起源于意大利那不勒斯的传统，客人买两杯咖啡，一杯自用，一杯挂在墙上供穷人取用。

机会多着呢!

　　我们到了勒雷瓦尔,艾克斯莱班市北部的广阔高原。
这里覆盖着这季节很少见的大雪,寒风呼啸,宛若严冬。

6

好多人来玩雪，在雪堆里打滚、滑雪。初雪总是有磁石般的吸引力，仿佛人们都知道也许明天雪就消失了。高地上的餐馆都忙不迭地开了门，出租滑雪装备的店家也忙了起来，到处弥漫着滑雪蜡和炸薯条的味道。乌巴克也着急起来，在座位上团团转，它是不是明白了，这层可以在上面尽情撒欢的白色平面，将是我们忠实的伙伴？

它想从座位上跳下去，我感觉它办得到。幼犬在这个年龄可能还不会判断危险大小，或者说狗根本就没这个程序。我把它放在地上，它从容地摆动身子，白雪完全没把它吓住。它的伯尔尼祖先一定在跟它耳语，告诉它这没啥可怕的。就这样，我看着它，它的世界在我身边，而我的新生活也开始了，从此我的眼睛就时时盯着地面。我想着万一……但我不相信它会逃跑。乌巴克碰到任何东西都会停下来，一动不动，带着惊奇、意外和等待的愉悦，无论是被雪包裹的昆虫，还是孩子的叫喊，或者一片云的阴影。它的举动无比迷人。生活送给它什么，它都开开心心地接受，狂热地沉醉于当下，对其余的一切视而不见。然后，只要一有机会，它又毫无预兆、心甘情愿地抛开旧爱，奔向新的生活，与上一秒背道而驰。它不停地扔下眼前的神迹，奔向下一个神迹，似乎完全不懂权衡计算，只有单纯的、执着的生存快乐。这就是跟狗生活的意义所在，再次领会到一分钟有六十秒，每一秒都值得认真对待，允许自己从一个时刻飘向另一个时刻，感受惊奇，忍受不确定，而这些都是希望永不枯竭的源泉。

不过，它可能还是有点焦虑，因为它一步一趋跟着我的脚印。它在松软的雪里挪动了几米就精疲力竭了，这时它明白了，尽管我步子有点大，但踩着我靴子踏出的脚印走比较容易。它跟着我。用蠢人们的话说，走狗一条。就在早上，它身边还有兄弟姐妹和妈妈，熟悉的土地的味道令它安心，然后一下子，它被带走了，突然什么都没有了，只有我。没有我，它在这地方会死于寒冷、饥饿或无知。于是我有了这种感觉，有点自鸣得意得昏了头，觉得自己是这只雏鸟的保护者，同时又为自己的残忍行为——绑架——感到巨大的羞耻。来日方长。要赢得它的信任，需要时间，也许要好几个月。虽然我告诉它不用怕，但我知道，光说得好听不够，还得看行动，持之以恒。我明白，不是一个承诺就万事大吉的。

"知道吗，你反正是要被人带走的。被我带走说不定不是坏事，对不对？"

不知道为什么我们总想跟狗说话。可能每个养狗人都梦想着自己成为地球上第一个能跟狗对话的人。

我由着它自己走动，按它自己的方式来，尽量少去警告它，警告只能助长它的恐惧。

突然，一只高大的哈士奇犬不知从哪儿冒出来，飞快地冲过来。它扭动着身体，昂首挺胸，鼻孔喷着热气，显然是只公狗。我就怕这个。狗主人似乎不担心它会把乌巴克当点心吞了。"它不凶！"该死，为什么那些凶猛大狗的主人都爱说这句可怕的话？两只狗互相嗅着，它们是靠下半身来相互结识的。乌巴克一心想玩，它这个年龄只知道玩耍，不懂世道险恶。它看上去毫不畏惧，要么它没有体格大小的概念，要么它的经历使它相信对方是和善的。这是本能吗？假如是我，有个比我的瘦肩膀宽二十倍的大个子鼻子喷着火冲我而来，就算有人拿高音喇叭嚷嚷他有多善良，我都得吓得目瞪口呆，更不会想到行使外交礼仪，去闻闻他的后胯。哈士奇犬一阵风地跑走了，像它来时一样，乌巴克也忙别的去了。我们，尤其是它，成功完成了首次社交。

在一片白茫茫的高地上，没人会漫无目的地瞎走，而喜欢聚集到某个参照物，某个引人注目的焦点周围，于是大家都被这团可爱的黑色小毛球吸引了过来。乌巴克像磁石一样，把人们聚拢在它周围，即使最戒备、最怕动心的人也无法抗拒，人人都觉得有理由开心一下。在这场愉快的舞蹈中，主人何妨像卫星一样围着狗狗转呢？再说有些人养狗就是为了取悦围观群众。好几个人管它叫"小老头儿"，好像生活是个循环。我告诉他们它叫乌巴克，别人就问我亚德雷①在哪呢？看来我得习惯这个地理梗。内行的人问，它的朗姆酒桶在哪儿呢？我说，挂酒桶的是圣伯纳犬。这个应答我也得记住了。说实话，这种引人关注的感觉我还挺享受的，我们在生活中相互陪伴，需要低调的时候可以隐居，但时不时在众人面前展示一下，得到些评价也没坏处，尤其对我这种经常感到自己活得没用的人而言。

我们进了林子，乌巴克在雪坡上费劲地移动着。这一带地形有些起伏。乌巴克如果当初被渔民带走，它眼下也许在池塘边摔跤，或者跟着一个酒农，在葡萄架间

---

① 亚德雷的意思是"朝阳的山坡"，与乌巴克（背阴的山坡）相对。

跌跌撞撞。它如今要跟着我，在大山里生活了。我肯定会把自己的很多东西强加给它，比如我的兴趣、品位，等等，我生活中的一切都会塑造它。我曾经反对决定论，如今却成了决定论者。我就这样升格为负责它发展变化的首席责任官。笛卡尔错了，动物不是由一个普遍原则支配的，这个原则不可能毫无例外地指导它们的行为和存在。先天因素并非绝对主导，卓尔不群也不是人类的特权，尽管人类自认为是唯一有感情、有思想的生命。乌巴克未来的行为、感受、经历以及它的生活环境，决定了它的命运将有异于它的十一个兄弟姐妹。我将是它生存环境的第一个缔造者。这样说也许有点自命不凡，却意味着巨大的责任。从皮肤的摩擦到日常生活中的噪声，我给它的种种都将使它偏离原本的无计划状态，这份责任我是绝无可能推卸的。相应地，它也会改变我，我们会一起挑战不变的命运。如果不能有点作为，多少掌控一下自己的生活，活着又有什么意义呢？

乌巴克有时候好像在哭。它坐下来，坚决不肯再动，呻吟着。

我想象不出来它会对它妈妈来这一套。它是不是已经抓住了我这个人类的弱点？它想跟我说什么呢？我自称不怕麻烦，这下可得偿所愿了。夏多夫人知道了一定很高兴，如今我脑子里全是问题。它是在懒洋洋地撒娇呢，还是真的有哪儿不舒服？各种假设在我脑子里轮番登场，从此只能靠猜了，猜的内容取决于我自己的状态。好在我们共同生活的时间越久，我会猜得越准。我们会学着了解对方，构建一种中间语言。乌巴克尽管不能言语，却会有比言语更好的方式。不同的眼神、各种隐秘的声音、身体弯曲的方式、毛发的方向，这些不易觉察的信号，只有我才能意会，截然不同的我们通过这些就能交流。谁知道呢，乌巴克也许会教我用信息素，那我们就能体会到相异性。这个高深的词语可不是为了装点门面，它表面上是为了让我们坚信自己有多神圣，实际上，真正的相异性，意味着我们彼此有那么多差异。绝不能仅凭自己的经验去理解他者，洞察他者的本质。

回到车上，我用食盆盛了点水给乌巴克。它喝了起来。我很得意自己能想到它该渴了。这小小的成功让我开心，幸福其实来自这些微不足道的小事。它的小肚子里如果装下跟它在车上撒的尿同样多的水，就说明它喝好了。它在不锈钢食盆底上照见了自己，大惊失色，对着自己叫了起来。不久之后它会从我嘴里喝水。我把它放在车座上，它浑身湿漉漉的，身体周围有一圈灰蒙蒙的光晕，像墨染一样。我还没见过它这么脏呢，它的黑棕色毛最不显脏。此时此刻，谁会想到多年以后，我将把"几乎全新"的带篷货车卖掉呢？乌巴克不是教给我了吗？要活在当下，就算未来模糊一片。

我们开车往家走，中途去了趟宠物用品商店。它已经睡着了。疲惫战胜了好奇、兴奋，也许还有恐惧。最后，我认为安全感也起了作用。

开着车，我感受着这第一天的伟大。我经历了战栗和激情，整个人都处在一种不寻常的状态。为另一条生命负责，这让人既脆弱又坚强。在这种命运的交集中，没有任何血脉联系，一切都取决于我。

我成了一道脆弱的城墙。对，这就是乌巴克的到来带给我的变化。

这个角色很甜美。

7

宠物用品店在尚贝里附近，它跟其他连锁店一样，是个绿色的方盒子。

车子一到停车场，乌巴克就醒了。任何场景的变化它都有预感。

我抱着它进店，它可能已经走不了路了。店家禁止狗狗入内，不过有它在身边，一切规矩都不在话下。这里面也许有需要、占有或炫耀的成分。日后，从瓦莱里奥之家①到埃菲尔铁塔，我一直在问自己一个问题：我不带它来不行吗？至今我都没有答案。

我从这里经过多少次了？可我从未注意过这家店。很奇怪生活中会有这种隔离：人们能对近在咫尺的东西视而不见，直到某天兴之所至，或是出于某种需要，人们推开门，走进一个陌生的世界，发现里面大有名堂，从精神产品到实用物品，还有大量的个人兴趣用品，如

---

① 勃朗峰附近的著名意大利餐厅。

集邮产品、风筝、狗玩具，生活中充满了成千上万个避难所。后来有一天，我自己都没意识到，这里成了我们的专属领地，比什么都重要。

走进宠物用品店，几乎是进入了另一个世界。在这片全然陌生的丛林里，搜寻某个小玩意儿，盆碗或是给宠物用的什么小物件，结果发现这片天地无穷无尽，而且有着特别的文化：气味、回声、图腾、不一样的人、所卖的东西、美好的事物以及丑陋之处，尽管初来乍到的兴奋让人忽略了它们的丑。人们用好玩、贪婪或害怕的眼光打量着这个新世界，在这里游走、探索，感到自己笨手笨脚。如果在这儿要讲另一种语言，我们可能也不会觉得太吃惊吧？乌巴克好像是我的通行证，我带着它走了进去。

其实这地方对我而言不算很陌生。亦可。只不过我曾试着花些时间把它忘掉。可如今我又回来了。店面很大，里面卖茶叶、竹制杯子、百合、荨麻汤剂、葫芦苗、剃刀、瓜类菜谱，有时候还卖猫。这是个光怪陆离的世界，充斥着来自中国的小玩意儿和讲巫术咒语的古董书，内容闻所未闻，一会儿谈禅，一会儿瞎扯，对生命又尊重又蔑视。这地方崇尚绿色，来到这儿的人都觉得自己重归自然，找回了本原。至于他们是走出了新生的第一步，还是误入歧途，这要看他们来自何方了。CD 机播放着海豚的欢叫声和真正的鸟发出的各种声音，根据风向不同，空气中弥漫着尼泊尔香或毛丝鼠的味道。正如酒精饮料都摆在商店的最里面，狗狗柜台也在商店的最深处。顾客越急不可耐，店家越是让他们走远路。要走到犬类那边，得经过那些飞不起来、只能蹦蹦跳跳的鸟和五颜六色的鱼。这些天上飞的和水里游的家伙看上去相处得不很融洽，也许夜里海豚叫声停了之后，它们能和睦些。每到一个柜台，乌巴克都像进了动物园，它竖着耳朵，我则睁大眼睛。

　　这地方让人有点难过。这个世界的宗旨是什么呢？造物主创造了这些宝贵的生灵，可不是为了让它们这么蜷缩着，没有自由，没有同伴。原本只有遥远的地平线和深深的海洋能让它们止步，然而人却把它们关了起来，没有别的理由，仅仅出于商人的肆意妄为以及生命有高低贵贱的蛮横观念。这就好像把风禁闭起来一样。上帝难道忘了它们原本是怎么生活的吗？一条四带无须鲹卖三块六，好生意。标签上写着，此鱼较活泼，善泳，生活在水族箱中部，在"ichtyenne"[①]中受欢迎（经典卑劣手法，用高深的辞藻故作玄虚）。

　　"知道吗，买你的钱够我买三百条四带无须鲹？"

---

① 原文"ichtyenne"为希腊语，意为"鱼群"。

跟狗一起生活，能让人学会什么叫无声的反对。不必回答所有的问题，这种舒适的沉默让我羡慕。

我不知道流浪狗和家养狗哪个更幸福，它们会不会梦想过对方的生活？

想到自己并不参与这些把戏，我感到欣慰。尽管身在此处，我可不是这些征服者的同谋，我会让乌巴克自由地上山下水，上天入林，唯一的限制是它得与我同步。不过，这不也是一种麻醉式的囚禁吗？有一天，在佩特里奇①凄凉的街道上，我看到一群野狗在翻垃圾箱。毛发结满污垢，神色戒备，身上爬满了虱子。而旁边的狗们毛皮油亮，戴着亮闪闪的项圈，肚子鼓鼓的，备受宠爱，主人们对它们无微不至。我不由得问自己，流浪和被圈养哪个更幸福？野狗和家犬会互相羡慕吗？

犬类用品柜台也没有好多少。人类不知道拿狗怎么办，要么把它当作神，要么当成物件。也许是善意，也许是忘了自然的优雅并不需要华丽外衣来装点。人是多么奇怪啊，既想跟另一个独立的生灵亲近，又不接受它神秘的裸体，而是努力把它变成跟自己一样。这里边有矫揉造作让狗扮可爱的意思，也因为人总爱想当然地以

---

① 保加利亚城市。

为其他生灵跟自己一样热衷于外表，殊不知它们根本不在乎。货架最显眼的地方是某部电影的第三部，适合主人不在家的时候放给狗狗看。假如狗这一辈子能说一句话，它一定会求求我们不要再替它思考了。接下来是抗焦虑喷雾、牙膏和苏格兰雨衣，没了人的精心照料，狗简直弱不禁风。

话又说回来，这种温情脉脉也不妨碍任何人，但会妨碍全人类，因为人会无视别人的至高力量，否认别人的傲慢无礼，忘了区区几十亿人值得被宠爱。人是出于对狗的依恋，才搞出这么多花样吗？这就涉及一种复杂的心理了，那些无法言说的爱总有淹没一切的力量。这怪诞的马戏团里每样东西都那么可笑，可一旦把它跟心爱的生灵联系在一起，赋予它重要的象征意义，那品味再差也不要紧了。人们从这儿离开时按说该容光焕发，可实际上好像更纠结了。不过这都会过去，愉快的日子让人宽容，忘掉一切，这样岂不是更好？人们心想，大家是否都关心盆栽为什么颜色暗淡，虎皮鹦鹉为什么这么紧张，世界的平衡是不是更有保障？走到狗粮区，乌巴克在我怀里扭动起来，它的味觉好像变敏感了。我这个不吃肉的人，为了喂饱这条宝贵的狗，同意宰杀牛和鸡。一包狗粮引起了它的特别注意，它的鼻子翕动着。这价钱可不便宜，袋子上的大写字母说里面全是好东西。

"走吧，瑞士来的家伙①。"

　　我从一堆项圈里选了一只红色的，还挑了一块棕色毯子，它肯定会觉得这比我那掉皮的沙发好。我还选了两个不锈钢狗食盆。反正是绝对不能把亦可的旧东西翻出来用，这是个全新的故事，乌巴克有权轻松生活，卸掉一切负担。尽管我对说教过敏，但还是买了一本讲养狗的书，每隔两页，书里就告诫我，什么东西会让我的狗在它幸福的狗生里死于非命。所以我不急着告诉别人我养狗的事，我知道大家会争先恐后地跟我扯什么这个品种的狗脆弱啦，活不长啦。我们的社会里处处是警告，悲观的人总显得更聪明，因为或早或晚，总会有一大堆证据证明那些嚷嚷结局不幸的人言之有理，而这些人就能从中捞到好处。最后，我又买了一小袋标着"幼犬"的狗粮，结束了这次漫游。但我仍然不知道，人究竟是最高级的还是最不适应这世界的物种。

　　我怀里抱着一只瘦巴巴的小狗和一堆东西，真够费劲的，两只不锈钢盆互相撞击着。乌巴克似乎被逗得很开心，几个顾客也好像挺高兴有这么个单人乐队在店里活跃气氛。人的一生中总有些时候会得过且过。收银台

　　① 伯恩山犬原产于瑞士城市伯尔尼。

有个和善的女士，工牌上的名字是索菲，她问我要不要办张会员卡，我说不要，这算是我今日份的抵抗吧，抵抗这个尽管我自己也积极参与的颠倒的世界。

"它真漂亮！岁数不大，不是吗？"

我用幸福得有点颤抖的嘴唇回了一个"对"。反问语气总是让我有点含糊，不知怎么回答。索菲对这狗感兴趣，这好像给我发了某种证书似的，我毫不犹豫地把她归入可尊敬的人之列。至于其他人，比如那些冷漠的人，我以恰当的冷漠回敬他们，并对他们保持极其怀疑的态度。她微笑着跟我道别，并祝我幸福。这儿的人看上去不惧怕生活。

8

我像迎接王太后一样为它打开公寓的门。为了得到一点点幸福，我会抱着新娘过门槛，不怕老套，不怕前途未卜。我几乎要流下幸福的眼泪。小小的举动竟然有这么大的力量，只愿生活让我记住这一刻。院子里有个破破烂烂的旧狗窝（房东一度允许养狗），乌巴克对它毫无兴趣。从一开始我们就决定了，它跟我同住。

你到家了。当时谁也没料到，我们更是想不到，将来还要搬十次家。

书里建议家里养狗的人精心安排空间。要把不同功能的区域分开，如睡眠区、用餐区、游戏区、等待区、心烦区，遛狗回来还要有个过渡区，要禁止狗进入家里的某些区域，那是主人专属的。还有其他一些详细的划界规矩。要是住在城堡里这当然没问题。至于在我这间小小的阁楼公寓，还是一切共享吧，分区的事心里想想就算了。

　　狗狗会彻底颠覆你家里的格局。它基本不在乎你的生活习惯、方向感和你爱待的地方。乌巴克根本不去我以为它会去的地方，而是根据自己的眼光和判断重新定义每个位置。通过观察它对世界的看法，我将不停地提醒自己，我也不过是用自己的眼光看世界而已。它对每个月都要花我一大笔银子的湖景无动于衷，却看中了狭窄的过道，断定它在那儿视野最开阔，便就地卧倒。刚给它买的垫子在这儿自然放不下，我折成两半，它很满意，忙不迭地趴了上去，用它的方式表示我们相互理解了。有件事书里没说，但我觉得非常重要，那就是乌巴克得明白，尽管我永远不会离它太远，但这个距离是会变化的，远近是主观的。也许两米，也许两百公里，也许二十秒，也许一个礼拜。我与它的距离无法丈量，正如安全感不能量化，两颗相互理解、相互支持的心并不总是近在咫尺。对我来说，想到世上有个吉约姆·佛斯特[1]，我顿时就能镇静下来。我知道，但凡我有一点麻烦，他就会从天涯海角飞奔来救我。被爱让人感到被庇护，于是我躲到隔壁房间，刻意不让它跟着我。离开刚到手的幸福，这种行为是违反自然的，但经过纪律的训练，幸福会成倍增长。一分钟后，乌巴克找到了我，后

---

① 作者的挚友。

腿开心地扭动着，像跳舞的鸭子。我成了它熟悉的、让
它安心的人，这简直像晋升一样让我感到荣耀。我告诉
它，不用担心，什么事都不会有，我们人类就是小题大
做。每当我站起身，乌巴克就跟上来，有时快有时慢，
等我从旁边两步远的地方回来，我们就会撞在一起。我
注意让自己不要每次重逢都显得过分喜悦，因为用平常
心对待爱，才能让爱有永恒的可能，但我以前从未想到
自己会这么认为。说到爱，乌巴克爱的是一个填充了聚
苯乙烯珠子的褪色黑垫子，我本来打算扔掉的，但它觉
得这垫子好，瓷砖地面太硬了。乌巴克转了三圈后，毫
不拘束地扑了上去。我想象会大事不妙，它会先趴在上
面，觉得里面的颗粒好玩，然后用后爪把套子撕开，接
着把里面的颗粒吞掉，最后一命呜呼。但也有可能什么
事没有，这垫子会完好无损，变成它忠实的根据地。还
是乐观点，不要沉浸在大祸临头的幻觉里好了。乌巴克
接着又看上了我奶奶的旧地毯上的流苏，用它灵巧的小
狗牙扯着玩。幸亏没给它买那种会叫的中国陀螺。这种
撕咬游戏似乎让它很愉快。我看看桌上的圆珠笔和被它
咬得不像样子的笔帽，明白了我们对口腔运动有共同的
癖好。公寓里最无聊的地方也有了一种滑稽的诗意，如
果我在厕所待的时间过长，乌巴克就开始呜呜叫，我就
对它说"有人"，想到再也不用自言自语，我开心地笑

了。然后，我又见到了它，看着它把小时变成了秒。

　　按公务员的习惯，晚上七点是晚餐时间。幼犬每天早晚吃两顿，因为它们的胃还没长大。乌巴克的胃能给我报时，一到点它就到处跟着我，躁动不安，发出细小的叫声，像只会说话的钟。它很快就明白了，先是它妈妈，后来是夏多夫人，现在首席饲养员的职务则移交给了我。书上说，只能把狗食盆摆出来五分钟，周围也不能放玩具，如果狗狗不吃，活该，等下顿吧。这样它就知道了，吃饭有固定时间，其他活动也一样。作者自己的童年得有多乏味，才让他写出这种东西来报复读者，生怕人家过得幸福啊。乌巴克根本不吃，一点都不碰。它还是紧跟着我，还趴到我脚上。我理解它。小时候每次到了夏令营，头两天我都焦虑得不想吃饭，如果是为了周一能吃到薯条，那付出的代价可够大的。我们聊着这些，关于恐惧、疑惑以及身体对食物的排斥。我尽量让自己不去想它是不是得了腹膜炎，或是太沮丧而失去了饥饿感。我检查了它的垫子，回到厨房，再次坐下来，沉浸到尤瑟纳尔夫人的书里。她的文字有什么魅力，她自己是非常了解的。十分钟后，我的阿迪达斯休闲鞋上突然一松，那种暖烘烘的感觉消失了，乌巴克走到食盆边，放稳四只小脚，摇着它蜥蜴似的小尾巴，几分钟之内就把它的口粮吃完了。我赢了。这说明内心的安宁和永恒的幻觉比焦急更有生产力。我等乌巴克吃完后才吃晚饭，据说万万不能这么办。不过我开始明白这书该怎么读了，基本上跟那里边说的反着来就没错。

十二月的夜猝不及防地降临，紧紧抓住了你。一起降临的还有沉默、巨大的梦和可怖的孤寂。米卢、马布鲁克和林丁丁①都是不怕黑夜的，乌巴克当然跟它们一样勇敢。尽管如此，它离家的第一夜，还是无情地到来了。远离骨肉至亲，远离它那虽然简陋却足以带来安宁的小木棚，今晚它有权感到孤单。也许它对生活没什么要求，但一定不想孤单。我们整晚都待在地毯上，我俯就它的高度，好让它知道我在身边。它摊开小小的身体，趴在我两腿中间，脑袋枕在我大腿根，我们的脉搏一起跳动。后来每当我坐在地上，它睡觉时都会这样，因为喜欢这样气息交融的宁静时光，后来我养成了席地而坐的习惯。它醒了之后，我们尝试了一次有益健康的户外活动，除了搞清楚房子周围哪些位置有电，并触发了所有屋外照明之外，没有其他收获。

就寝的时间到了，我们步入深夜，我们的恐惧交

---

① 米卢是漫画《丁丁历险记》里的狗，另外两个都是法国家喻户晓的小狗明星。

织在一起，夜越深我越恐惧。我差点想睡在地上，可这太傻了，我不可能一辈子睡地上，还是面对现实吧。祈祷书第二十八页写道，要强迫小狗适应它的新窝，那必须是个狭窄、黑暗的地方，然后把门关上，不让它到处乱跑。狗狗可能会执拗地尖声嚎叫，这时不能让步，就由它崩溃伤心。随着时间一天天过去，它会越来越好。二十九页上写着："知道吗，坚定总有好结果。"好吧，今早我才把乌巴克从它的小世界掠走，粗暴地剥夺了它的亲情，带它辗转于一些气味陌生的不熟悉的地方。今天一整天它都在努力鼓足勇气，保持对我的信任，这会儿我又得把它关起来，身边没有任何其他生命。希望它别嚎叫。如果它叫，那就让它叫得精疲力尽，累得睡过去。如果明早起来，它能欣然接受自己的命运，感谢我让它过了美妙的一夜，那我们就可以为斯德哥尔摩综合征干一杯了。孱弱的人类从什么时候开始，认为装聋作哑的压制是对付其他物种的最佳手段呢？尽管他们当中有些成员会被凶猛的大狗吓尿，但这只能让他们更加确信自己卑劣的想法。他们活该经历魂飞魄散的时刻，在漫长的几秒钟里体验彻底无力的感觉，以为自己命不久矣，那时人类会变成恐惧的俘虏。每当看到斗牛士为了所谓遵循传统，让自己的黄金甲被公牛戳个大洞，我都感到有种带着罪恶感的痛快。在我那卢梭式的天真和恃强凌弱之间，总该有个中间地带，能让人与动物和平共处吧？

这第一夜，我打算试试给乌巴克自由。父母给我的教育是任由我在户外自由嬉戏，这使我坚决反对自由会让人误入歧途的观念。我把新买的垫子扔在它喜欢的过道角落，再放上我的一件旧 T 恤给它当护身符。我们互相触摸了无数次（这一点，我同意书上写的，触摸有抚慰的作用），我给了它一大堆天花乱坠的许诺，然后就若无其事地进了自己的房间，装出不在乎它的样子，准备睡觉。它爱去哪去哪，爱翻什么翻什么，就让它享受这上天入地的飘飘然吧！这么多自由会让它呆住的。一开始，有很长时间，我听见它到处走动探索，老是跑到我床下来，时不时哼哼唧唧的，试图爬上来。它在那儿待了很久。万一这几天有姑娘来跟我过夜，我就得跟乌巴克解释划定的边界会变动，自由的含义也会有变化。快半夜的时候，我听到它回到自己的地盘去了，大概是搞明白了出这个房间必须经过它的垫子，它终于放了心。

夜里，我蹑手蹑脚地去看它。它睡着了，看上去会一觉到天亮。这儿有股尿味，不过没关系。没有比一个安详的生命更让人安心的景象了。

第二部分

9

　　我一大早就起床，怀着过圣尼古拉斯节的心情，急于想知道过去的一夜给我的生活带来了什么。困惑和激动之夜不值得追忆。我记起了家里养狗的那种气氛。小时候，我梦想有条狗。我想了各种办法向父母表示，又是暗示又是敲诈，拿好分数回家也好，发脾气也好，统统没用，父母就是更喜欢猫，因为没那么多麻烦。如今他们明白了，只有经过漫长的生活，才懂得孩提的梦想不是任性胡闹。

　　动物在我的生活里留下了印记。父母的同事有时会带狗来我家，我记得有一只叫夏威夷。它只能待在车库，我就去那里找它，孤单的我和它在一起乐疯了。那是一只毛发卷卷的布里牧羊犬，我坚信狗都有神奇的能力，所以它的主人当然得叫穆通①。到了晚上，这个肌肉发达的山里人，古铜色的皮肤裹在"思粉"牌衣服里，灌饱

---

① 原意为"绵羊"。

了苦艾酒，醉醺醺地带着不牵绳的狗，开着白色的老货车扬长而去，那车开起来有点费劲。我那时感觉他们的生活好幸福。

有时候养狗的幸福近在咫尺，那就是我去养狗的人家过夜的时候。世界上有两类人：养狗的和不养狗的。娜娜家的狗叫塔尼亚，教父家的叫苏格拉底，玛丽·弗朗索瓦兹姨妈家的叫夏多克。我尽可能早早起来，表兄弟们都还睡着。屋子里弥漫着咖啡香和前一晚烧煳的晚餐的味道（姨妈有个外号叫"焦糊"，不过她自己不知道）。收音机里心平气和地在讨论大事，都是些多音节的很长的词。我跟大人们待一会儿，但最重要的还是跟狗玩。一大早就有人惦记它，这让它很开心。我盘腿坐在地上，它像斯芬克斯一样趴着。我吞下两片面包，然后跟它聊上几个小时，我们才不会扯那些我长大了想干吗，我女朋友叫什么的无聊话题。等大人们去另一个房间的时候，我就用手喂它吃沾了蜂蜜和黄油的面包。我悄悄地把面包屑给它吃，求它快点咽下去，别一个劲地舔嘴唇。如果天气好——埃斯科河流域天变得可快了——我们就赶快跑去外面玩，想象自己对阵千军万马，每次我们都大获全胜。回来的时候，我们身上黑一块绿一块，大人们都说不可救药了，膝盖上全是泥，头发因为汗水和拥抱粘在一起，它累得直吐舌头，倒在地上就睡着了。

这些狗是我童年最好的伙伴，在我孩童的意识里，只要有它们在身边，我就可以随心所欲。在我最早的记忆里，身边就有狗狗。我想，夏多克是很爱我的。它有时候会从姨妈家跑出来，穿街走巷来找我，从艾诺瓦到贝莱蒙有三公里呢。一个开心的七月的早晨，我远远地看见它了。它着急地穿过大路，这时一辆车开过，司机不留神撞上了它，刹车和撞击发出了巨响。它的身体飞向空中，然后落在车轮下。父母把它抱到车库里，它身下一摊血，身体被摔碎了。它叫着，人们说那是濒死的叫声。无论我走到哪儿，它的眼神都追随着我。妈妈命令我到厨房去，我恨她这样安排我。这是迄今为止我关于死亡的最痛苦的记忆。一个生命戛然而止，而就在上一秒之前，我们还幸福地在一起。

乌巴克来了。它一大早就容光焕发，活泼得很。小狗可不会赖床。

狗的心脏节律不会由弱到强，而是一直紧绷的，鼓胀着，一醒来就这样，一睁眼就满怀爱意，也许是这种全然的活力消耗了它，缩短了它的生命。人以为狗很容易开心，无忧无虑，容易满足，这样想可就低估了动物们的心智。几个星期以来，我们沉浸在欢乐里，这欢乐一开始就那么浓烈、持久，始终没有褪色。理智的人们要说了，这不过是蜜月期。我们养成了一些习惯：在走廊里会合，互相使劲摩挲致意，出门放风，我喝茶，它吃东西。我们有了自己的老规矩和仪式。我向乌巴克敞开了生活的大门，本来指望生活有所变化，但如今我和它日复一日，天天都是老一套，我却心满意足。到了晚上，它又该吃饭了，像所有懂得自尊的狗狗一样，它的进餐分两个阶段，先是风卷残云，埋头大吃，顾不上咀嚼，顾不上喘气，管它嘴里是鱼子酱还是石头。然后开始尽可能仔细哂摸，用舌头尖细细品味，直到把最后三颗狗粮嚼成细沙，仿佛在后悔这场盛宴吃得太急了。

乌巴克长大了。开始样子有些古里古怪，后来越变越优雅，体重也认真地按照曲线增长，一天一个样。它进食的定量翻了一番，项圈换了三条，那些尖尖的乳牙都不知掉在我的哪件毛衣里了。皮毛变坚韧了，细细的绒毛变成了丝滑柔软的毛发，只有臀部周围还是一副年少模样。它小蝌蚪似的灰眼珠变得圆滚滚的，色泽均匀，呈橙褐色，脑门中间那条白线又窄了，前额几乎是全黑的，目光明亮专注，全身透着真诚坦然。它的一切都那么柔和，一举一动都是不经意的优雅。它个头很大，脑袋也大，我喜欢把头放在它脑袋上，虽然它两下就能把我的脸撕烂。

乌巴克还是叫乌巴克，但也叫路路，巴巴克，布布或其他亲热的小名。大块头的狗早晚都会被起些听着胖乎乎的高雅名字。我叫它乌巴克的时候可不总是好事，我得注意别光是在骂它的时候用这个大名叫它。

我给它拍各种角度的照片。我常常问自己，这有什么意义呢，一张平面的照片怎么能代表那些实实在在的感受？可是有朝一日，除了这些光滑的小纸片，还能靠什么来回忆呢？我也用文字记录它。我开始每天都写点，后来只记录那些重要的时刻。我只写下重要的东西。如果一点不写，有点虚度生命，但写得太多，又会忽略真实的关注。

有了它之后，我们每个月的四日都给它庆生。养狗会让时间紧缩，破坏时间的节律。什么都不会忽略固然值得庆幸，但意识到这一切都不会长久也让人恐惧，让人不得不珍惜每分每秒。今天是六月四日，它八个月了，我没忘记给它过生日。都说狗一岁等于人的七岁，那么我一年给它过十二个生日也不算全错。

随便什么都能让乌巴克惊喜，小虫、风吹树叶或是别的我们根本不会注意的东西。它不放过任何热闹的机会，这种随时随地兴高采烈的本事是对抗沮丧的解药，也是它的必需品，它不需要什么华丽的东西，那些个天天抱怨的人都该跟狗待上一个小时。它从早到晚玩得不亦乐乎，随便什么都行，一只蜥蜴、一个瓶塞子，或者某个它想象出来的玩意儿。它给自己编的是什么故事呢？它是我认识的头等游戏高手。就算气氛最阴森的时候，它也有办法让自己开心。我见过它焦虑的样子，但它从不沮丧。碰到特别让人拘谨的场合，它就会在地上打滚，这儿钻一下那儿跳一跳，狗才不在乎别人给它贴什么标签呢。比起装模作样，它有更重要的事要做。它这种不按常理出牌总是能逗人开心，让人不由自主放松下来。我试着像它那样自由自在，它的态度是那么开放，什么都能接受，我做什么都不会让它吃惊。身边有个这样的生灵，对心脏大有裨益。有句老话我从来就没搞明白，那些孩子乖巧、草坪整齐的美满夫妻都爱说"就差条好狗了"，好像狗是他们中规中矩的生活里缺少的最后一件饰品。实际上恰好相反，狗的到来会让一切天翻地覆。

这还不算。书里说，童年是可长可短的，有时候成年人会持续保持幼态。作者这次还可以，没对顽劣到老表示担忧。我对那些讲青春永恒和重返年少的故事一向不太相信。随着年龄增长，经验增多，人并不一定走向衰弱和退行，而是不断地从这里或那里获得洞察力、自由意志以及警觉，使生活不至变得狭隘乏味，让自己尽量活出自己，不要压抑叛逆的精神。通过观察乌巴克，我发现了努力保持童年的精髓：天真的热忱、对游戏的执着，还有不可动摇的幻想，即相信一切都将永远持续下去。

我们去散步。长时间散步。有时候一整天。我们走走停停，有时在草丛里躺一会儿，有时把脚浸在溪流里。我们还野餐，在战后的建筑间游荡。与狗一起漫步，意味着远离世界，去那些永恒之地，瀑布、森林和沼泽，无须在意今夕何夕，是一九五〇年，中世纪，还是三〇一八年——假设那时世界还存在。我们没什么目的，也没在逃避什么。有狗相伴，一切都刚刚好，无论时间还是空间。我们甚至不是在度过时间，我们就是时间。

散步的过程中，乌巴克会结识很多别的动物，但它表现得好像跟它们认识已久。它似乎只关注速度，每当发现一只蜥蜴、田鼠，或是别的地面居民，它就会向我抬起头来，确认我也看到了，我也同样感到惊喜。然后它再次低头寻找它发现的东西，结果那东西已经不在刚才的位置，它疑惑不解，又抬头想从我这儿寻找答案。它的天真把我逗笑了，但我羡慕它的信念，它相信我们的每次惊喜发现，都值得世界暂时停止转动，好让我们来做安排。田鼠已经往左边跑了五米远，显然没打算停下来，可乌巴克始终固执地不肯放弃这个想法，这也许是它喜欢慢吞吞的腹足动物的原因。

我到哪儿都带着它，无论去野外还是餐馆酒吧。有些地方狗原本就可以去，有些地方就很勉强。遇到不许狗狗进入的场所，我便认为那地方根本不值得去，然后找出一大堆理由来证明那地方多无聊。如果某个服务生能给乌巴克一碗水，那这餐厅的一切都值了。我把所有的时间都奉献给我的狗狗，希望它在任何时候都不要抓狂，不管是市场的鱼贩子说话太响，还是我埋头读书沉默太久。有一种场景让我觉得很赞，那就是某人进了商店，他的狗狗乖乖地在外面等他，然后一同离去，安然无事。我也试着如法炮制。我差不多背对着面包房的店员，说我要买法棍面包，然后大声喊着说，我马上回来。用这个办法，以外出做奖励。我们在食品店有进步，但在书店进展不大。我甚至带它去上课，学生们叫它"图派克"①，一个王者的名字。如果哪天学监西装领带地来巡察，我得嘱咐学生们别叫它。我们也经历了很多混乱，甚至危险，但没有这些，谈何真爱？想到我们会永远在一起，我很欣慰。我们一天天积累着各种小趣事，乌巴克扩展了我生活的空间，我已经有了关于它的很多记忆，跟它联系在一起的一些地方，跟它在一起的很多瞬间，有的短有的长，目前我还不知道将来哪些片段会在我的记忆中留下来。未来很美好，我只是太忙着享受眼前的欢乐，顾不上去憧憬将来的幸福岁月。

---

① 图派克·夏库尔，二十世纪美国著名的说唱歌手。

有时候我把乌巴克放到朋友家，好让我们适应分离。每次重逢，我都假装不担心它会出什么事，或是像爱我一样爱上我的朋友。

眼下我的生活非常美满，也没有任何不美满的理由。好消息接连不断，似乎越幸福，好事越会纷至沓来。退一步说，这也许表明，我放弃了那些不切实际的愿望。我无从知晓，也不在乎，欢乐死于分析。情况就是这样，我甘之如饴。

这几个月来我体验到，养狗是如何让我的生活质量有了质的提升。

从逻辑上讲，我的负担加重了，我的日程叠加上它的日程，要考虑它的健康，还得尊重它对孤独深恶痛绝的习性。但生活同时也变得轻松起来，因为多了那些心旷神怡的时刻，在林间，在河畔，我们有了一千个理由逃离尘世。

从人际互动的角度讲，我的生活变复杂了，我得注意观察、适应，把身边的人分门别类：谁愿意让狗狗加入我们的朋友圈，谁觉得带条狗在身边荒唐至极，谁是最糟糕的那类人，根本就不把狗当回事。我的生活明朗起来，仅凭它在场就能把那些讨厌鬼鉴别出来。这种事本来就像鞋里的沙子，如果只有我自己，我就会把它想象成巨石。没错，如今我会对那些曾经必不可少的快乐说不，但我并未抛弃那些活动，只是暂时把它们放在一边。我对那些排他的、燃烧一切的激情保持警惕，却享受选择的奢侈。

我跟乌巴克出门的时候，常常碰到其他跟着主人的狗。每次我都想，他们是如何相亲相爱的，他们是否彼此交谈，还有，他们是否也相信，自己的故事无与伦比。

有些富裕的老太太，对玫瑰和粉色崇拜到近乎可笑的地步，简直亵渎了爱的定义。她们一看见乌巴克，就连忙把自己镶了珍珠的小玩意儿举起来，把长外套也拎起来，一片尖叫。那些个新纳粹分子，穿着飞行员夹克，好盖住自己并没有的肌肉。他们把自己的狗也扮成凶猛的样子，以为这么一来别人就会被他们的虚张声势镇住。有些猎人把自己的狗关在两平方米的笼子里，杀戮之日才放出来；有人给他的狗狗系上领巾，把它放在椅子上，把真正的爱和假装的情感混为一谈；还有人崇拜动物，以它们为人类的楷模，认为它们在所有领域都高于人类，殊不知这种想法对动物有害无益，世界上没有绝对的高低贵贱。我能不能确定地说，我比别人更懂得爱我的狗狗呢？狗就像我们的镜子，而我见过太多的狗狗，不得不接受主人对完美世界的定义，把主人当作最高主宰。

说这话的那个人，只要有可能，就带上他那只用好听的山坡命名的狗进山，去挑战那些不可思议的坡度。别人看见他居然带着狗爬山，不用牵狗绳，却用登山绳，都觉得是咄咄怪事，这种反应却让他开心得不得了。有一天，我因为某事对乌巴克道歉后，对它说：

"其实，我们收养你们，不就是为了被你们奉承吗！"

我为自己的话感到满意。乌巴克举起它的爪子——就此打住。狗是不在乎谁占上风的，可它知道怎么轻而易举地让对方闭嘴。

幸运的是，还有些人不一样，而且很多。他们爱自己的狗本来的样子，那个生灵与自己如此亲密，又如此独立。他们毫不做作，单纯地享受着跟狗在一起的幸福，除此之外，不奢望从狗那里得到任何别的阿谀奉承。

最后，还有那些席地而坐的流浪汉，他们经历过生活的重击，处于社会的边缘。他们披着共用的臭烘烘的被子，讨要几枚硬币，好拿去买酒浇愁，买点吃的养活他们的马利诺犬，那是他们对人世的最后一点留恋。狗看护着这些脆弱的人，这些人跟养小狮子犬的小资们没有任何共同之处——他们大概会觉得小资们恶心，但爱狗却是他们的共性。这种爱超越一切，把世上所有风马牛不相及的人联系在一起。

10

几个星期以来，我在乌巴克的教育问题上花了很多精力。

我不知道"教育"这个字眼是否准确，不如说是某种野心吧，想让我们学会一些轻松生活的技能，让生活有起码的秩序，否则只能无望地混乱下去。我的期望已经降低了，只求它保持干净，我叫它的时候勉强能回来，也别往人身上扑，因为这突如其来的亲热会吓着那些个男男女女，让他们骚动、尖叫，结果讨厌狗的人就更多了。我希望它不需要我命令就能做到这些，希望它理解这些要求，而不是单纯地服从，这就是我对我俩关系的天真期待。

我们的努力渐入佳境，相处得越来越好。我对所有跟它有关的事情都有无限的耐心，它似乎也想让我尽量少为难，有时候它做得很出色。假如那年是"P"字年 [1]，

---

① 指前文所说法国养犬协会出的年度犬名指南。

我大概会给它改名叫"颇礼士"①。它的每项进步，我都郑重地给它庆祝。别人都说乌巴克好养，我更愿意说它聪明。有时候，我们去布尔歇湖边散步，既没引起骚乱，也没逼得市政府颁布新法令。这可是了不起的成就，因为这一带住了很多退休人员，出门习惯带放大镜，爱把一点小事看成大难临头，他们对真正重要的事视若无睹，却为芝麻绿豆小事烦心。我真不明白，他们这把年纪，想必已经历经苦痛、挫折和恐惧，怎么还不能看破一切，拿出无所谓的气势面对一切呢？那样的话，我都能夸他们有智慧。但也有些时候，特别是我着急的时候，简直是灾难，什么都不灵了，无论我怎么叫，它专心搞它的，我都怀疑是不是自己的声音频率不适合它的耳朵构造。

少数我能确定的事情之一，是不只有人类才会经历青少年时期。有时我气哼哼地追着它跑，可它却酷爱这游戏。有时它咬着什么不肯松口，我使劲儿拽，它却玩拔河游戏玩得不亦乐乎。我也会藏在灌木后面，假装在哭，指望它找不到我能着急，却没注意旁边有人，包括女士，在认真地观察我。夜里，我穿着三角裤，在雪地里祝贺它成功憋住内急，跑到屋外拉出两坨屄屄，我开心得又跳又叫，像它每次进步我都会做的那样，用温暖

① 原文polish有"波兰人，波兰的"或"抛光"的意思。poli又有"有礼貌"的含义。

的抚摸祝贺它，结果触发了别墅的探测器，让满腹狐疑的邻居们观赏了一场精彩的声光秀。早上，我偷偷摸摸地去捡另外两坨屎，生怕它误以为我喜欢这个复活节游戏 ①。该做的蠢事我都做了，我无数次俯身弯腰，而我们就这样成长了。

同它一样，我也学到了很多。我努力做到公正、如一和适度，这是机动队的语言。我越来越相信赞美而不是惩罚的力量，我的教师生涯让我体会到，前者有诸多好处，后者虽然必要，却有局限。对待狗也是一样，惩罚不良行为并不能奇迹般地让它符合期待。有些人一厢情愿，却想错了。我尝试各种方式，但从不打它，也不冷落它。据说对狗来说，最厉害的惩罚是被赶走。滚！我才不会对狗狗说这种话呢，万一它真的服从了呢？

假如我自己还在屋里，当我让乌巴克出去时，它一到门外就坐下，一动不动，半平方米的天地于它足矣。它靠墙坐着，纹丝不动，骄傲而坚定，迎战世上一切险恶。它紧贴着墙面，几乎变成墙的一部分，整个后背直到枕骨用力顶着墙体，似乎在用这个动作召唤神力。我猜在它的想象中，墙砖中间会突然出现一扇看不见的门。疯狂的是，这法术奏效了，真的出现了一扇像模像样的

---

① 西方复活节习俗，儿童到处找事先藏好的彩蛋。

门，门把手看起来模棱两可，正如我摇摆不定的态度。这下，它又可以尽情地进行它最喜欢的科目：把我们之间的距离尽可能缩短。我欣然接受。

我常常想，它母亲忒弥斯会怎么对待一窝十二个小学生呢？按照狗的天性，这些事情是怎么进行的呢？我猜它一开始就会用强硬手段，不会模棱两可，也不会麻烦自己循序渐进地警告。我发现强硬手段其实很有效，比如乌巴克过马路的时候，那架势好像汽车压根儿还没发明出来，这时我会冲它大吼，它吓得停了下来，一下子明白这不是玩的，我的恐惧让它怔住了。它什么时候才能明白，它是会死的呢？

我从孩子们身上也学到了一些东西。乌巴克对孩子们的细声细气表现得很是顺从，我多次感到吃惊。根据逻辑推理，我以为它是好心想让孩子高兴。书上说了，狗最会察言观色。其实不然，它顺从孩子，因为孩子的要求一点不含糊。孩子对自己的全能充满信心，丝毫不会怀疑。他们对乌巴克说坐下，压根儿就想不到它会不坐。乌巴克于是坐下了。从那以后，我也按他们的方式来——要相信。相信说的话、做的事和许的愿。简言之，相信存在。

某个周六早上，我去夏特隧道另一边观摩驯犬课，主要是出于好奇，而不是认同他们的理念。那里人头攒动，五花八门的狗满地跑，人也是什么打扮的都有，有穿迷彩服的，也有蹬软底皮鞋的。狗狗们看上去很高兴地服从命令，就像有些当兵的一样。"不许动"的命令一遍遍地回响，我感觉听到了与养狗的初衷完全背道而驰的东西。一位浑身睾丸激素味道的驯犬师靠近我，开始推销这所学校。当然了，他觉得乌巴克这副模样非得上加时课程才行。这人满嘴"无政府主义"（无政府主义是必要的，否则人和狗的关系就没法处理），就是自然界中的那种无政府主义，如今世界上已经不流行的那种无政府主义，您明白我的意思吧……我觉得他这段荒腔走板挺有意思，又新鲜又诱人，也许是种新潮流吧，一半管制，一半放纵。我大概看起来一头雾水，于是他又换了种说法给我解释，意思是在我这个统治者和乌巴克这个被统治者之间建立秩序，就得有司令部，得让它害怕，得踢它屁股。我渐渐明白了，他的教学法崇尚等级制度。道不同不相为谋，我礼貌地谢过了他。

我得时不时提醒自己，乌巴克不会讲法语。柔声细语地告诉它我对它把门厅的挂毯撕掉这件事不太满意，这好像没什么用，它似乎关注表象甚于内容。我觉得，它现在明白自己叫乌巴克了，但有本事在该忘的时候忘掉。它知道，回到我身边不见得比按原计划探索世界更无聊，它也知道，迅速坐下是一种能带来花生之类的宝贝的姿势。开始我给它吃葡萄，我以为这更适合它的运动员体格，后来兽医告诉我，这对它的肾脏堪称剧毒，能让它一命呜呼。"好心办坏事啊。"他对我说。一针见血。至于它喜爱的嗅屁股礼，我起初想让它明白，这种行为在任何时候，无论对谁都是禁止的，但现在我鼓励它嗅那些认为自己的屁股极有价值，在任何方面都优于其他屁股的狗狗的屁股。到目前为止，这个尝试是失败的。

我吃饭的时候，乌巴克就在旁边坐着，靠我很近，眼睛一直注视着我，要不是它喉咙里偶尔发出点声音，我都要以为它变成化石了。我很愿意相信那是它崇拜我的表现，不过，当我坐在同一个位置读书、写字，或者我就坐在那儿，但桌上没有食物散发香味时，它对我的爱就明显消失了，直到无影无踪。它觊觎我的餐盘时，我有三个办法对付它的执拗。第一个是马上给它一块吃的，万事大吉，这样我多少还有点掌控权。但这个办法不好使，那可恶的家伙立刻就把它的计时器拨回了原点。第二个办法是让它等我吃完，这样它就明白，之前怎么做都是白费心思。这办法稍微好一点，但这样一来，它就能名正言顺地眼巴巴等着，更增强了它长时间一动不动的耐力，哈喇子流得更长了。最后，我也可以什么都不给它，然而在皮埃尔·莫鲁瓦①思想浸淫下长大、信奉财富共享的我，可受不了这个。于是乎我吃它也吃，我们一起吃。

几个月来，我们就是这样开心地摸索着相处之道。物种迥异的两个生命互相靠近，互相学习，互相深深依恋，生物学家非常恰当地把这称为活力。

乌巴克是条好狗，善良的化身。

我很希望这里有我的功劳，不过这善良来自它的灵魂，跟我关系不大。任何一丝紧张气氛，即使转瞬即逝，也会让它不安，它想到处都洋溢着欢乐安宁，一心想保护全世界，而且先从保护弱者开始。它在百里之外就能捕捉到弱者的存在，满腔热忱地立刻飞奔而去。我白跟它说能吸水的海绵干得快，能吸收别人痛苦的心灵最容易枯竭，它置若罔闻。说它好养的人，也都说它是脾气好。狗也好人也罢，我讨厌这种说法，把善良说成傻天真，殊不知那才是至高的力量。在被众人嘲笑时坚持善良，比凶恶暴躁更需要宽厚的心灵。我也不知道它的善良是从哪儿来的，也许是母亲的遗传，也许是天赋美德，也许是跟我一起生活后养成的价值观。乌巴克的善良不

---

① 皮埃尔·莫鲁瓦（1928—2013），法国政治家，曾任法国总理。强调社会主义价值观，关注社会公正和财富的公平分配。

是傻白甜，那是经过深思熟虑后的选择，是决定。它走进一个房间的时候，就能立刻感知到那里的气氛是和谐还是让人不安。我甚至相信，它能凭着空气中的某种成分进行测量，然后使出不知什么奇妙手段，调节氛围，营造安宁。它的在场仿佛就是一种恩典，它吞下了所有愤怒和怨恨，用看不见的滤网把它们净化成欢乐，我希望它身子里可不要残留任何脏东西。那些对狗一无所知的人，发现自己突然感觉轻松了，那他们一定在想，自己的生命中到底有什么东西瞬间释然了。假如气氛不光是紧张，冲突一触即发，那时，它就像一条希腊祭酒船①那样满场巡游，即便分歧不可调和，也能宣布神圣停战。大多数情况下，双方遵守停战协议，紧张消退，气氛缓和。我的远房叔叔阿兰，一个爱开玩笑的放射科医生，说乌巴克是家里的 ß 阻滞剂。我不确定他是指乌巴克能让血压平稳，还是能阻止家人间那些愚蠢的争执，但我能猜到他的意思。人们常常因乌巴克向我表示感谢，好像我也有功劳似的。

它有时候会高估事态的严重程度。

---

① 古希腊风俗，为了保证奥林匹克运动会顺利进行，城邦之间会宣布神圣休战，停止战争和争斗。祭酒船被用来运送祭品和礼品，进行宗教仪式，庆祝这一时期的和平。

某年圣诞节的早晨，我在布略雷阿莫奈父母家。按家里的传统，我早早起床。乌巴克不在家里。我问抚养我长大、我管他叫父亲的让·皮埃尔，他也没看见它。祸事都是这么发生的，人越多越有疏漏，谁都以为这事归别人管。我叫着它的名字，到处找它。车库、房间、花园、邻家、社区，该找的地方都找了。我向村子的方向走去，脑子里想着最糟糕的情况，一遍遍高喊着它的名字，夏多克的样子在脑海里挥之不去。在一条街的拐角，我碰到了从面包店回来的妈妈，她脸上挂着那种假装平静的刻意的微笑，我一看就知道不用再恐慌了。她驼着背，手里拿着一条用糕点铺的丝带做成的细狗绳，绳子套在一只狗的脖子上，狗没戴项圈，一副心满意足的样子。妈妈刚走到村子里，突然感觉脚后跟有东西，她转头一看，目瞪口呆，原来是乌巴克。它一路跟着她，她都没觉察。它一定是看见她出门了，在它的灾难事件级别表上，这是一位糊里糊涂的、孤零零的老年雌性，极易受伤害。于是它孤身一狗，跨过了一条每年都会有人在路边摆放鲜花的国道①，又穿过两条街和几个街区。因为后怕，我差点要骂它，但我最后没骂，我知道它没有能力把两件时间间隔很长的事情联系起来。我只是简单

① 意思是每年都有人因交通事故在这条国道上丧生。

地告诉它，我们俩在上蹿下跳中共度一生我很乐意，但我请求它——拜托，好好守纪律，别自己作死。就在那天，我以为自己要失去它了。我意识到，没有它的生活是没法想象的。

这个良心可嘉、效果可怖的拯救世界的桥段，让我想起了几个星期前的一次经历。当时有一瞬间，我感到自己的生活似乎被特克斯·艾弗里① 控制了。但我没立刻跟妈妈讲，因为类比也不是很恰当。我和乌巴克在路边走着，它突然看见一只蜗牛。那蜗牛就快要爬到省道的另一边，为了完成这个奇迹，它大概前一天一大早就出发了。乌巴克意识到，这灰色的小东西在柏油路上行进非常危险，于是用嘴叼住它，把它安全地送回路的另一侧。蜗牛壳完好无损，连个小缝都没留下。小东西花了两天走到路那边，回来只花了五秒钟。乌巴克刚把它小心翼翼地放到地上，运输过程中一直缩在壳里的蜗牛就从它的小房子里出来了，动作简直称得上是迅速。它愤怒地舞动着触角，我在马路另一边都能感受到它不得不重启航程横渡大洋的怒火。我们得通知它的家人，它要迟到了。乌巴克对这次成功的营救遭返感到很开心，我对它说，它显然是一片好心要帮人家，只不过，从此之

———————————
① 美国著名导演和动画师。

后，它在整个软体动物界的名声算完了。等乌巴克走在
我前面的时候，我赶紧回头把蜗牛送到路的另一边。蜗
牛的亲朋好友可没法相信它一天之内走了那么远的路。
到现在我都不知道怎么给妈妈讲这件事又不惹恼她。要
么等等再说，或者现在就告诉她，是这条路让我想起了
那件事。

　　这次冒险的当天晚上，我们全家一起守岁。乌巴克
自然也在，父母用包装纸给它包了一块骨头，放在圣诞
树下。这很可笑，但也必不可少。它专注地嗅着骨头包
装纸，心里大概纳闷，把礼物包裹起来有什么意义呢？
我哥哥的女儿们都长大了，乌巴克是唯一不懂得圣诞礼
物怎么来的家庭成员。不知为什么，我们谈起了戴安娜
王妃的死。我对这件事有点冷漠，何况时间已经过去很
久了，加上克莱朗波酒香的熏染，我那一向关心公主王
妃们的嫂子被激怒了。

　　"你啊，怎么对戴妃这么冷漠呢，她可是两个孩子的
母亲！"

　　"说真的，这事我没觉得有多震撼……"

　　"还真不知道什么事能让你震撼！"

　　"我的狗死了让我震撼。"

　　"比戴妃死还震撼？"

"我不知道这样分级有什么意义，不过，没有几个人的死能比乌巴克或亦可的死更让我难过。"

"简直疯了……"

"别逼我给你列名单出来。"

"我反正觉得人更重要！"

"可以两个都爱啊。爱不是慷慨得可以分享的吗？你们教会里不都是这么教的吗？"

"太可笑了。"

妈妈累得瘫坐在椅子上，让·皮埃尔打着嗝，我哥哥认为这是切面包的好时机。乌巴克显然更在意自己关心的事，加有野味汁、胡椒的酱汁上桌的时候，它开始咽口水，还带着回声。一切就绪，为城市和世界祈福。

"说真的，你凭什么给爱分等级呢？我和乌巴克的爱怎么就该被鄙视，萨特和波伏瓦的爱怎么就一定高贵呢？"

"也许凭人家彼此相爱呢！"

"对我来说爱就够了。你看，我永远都不知道它是不是爱我，永远都不知道。爱而未必被爱，我在想，这是不是才算真正的爱呢。"

可惜了。这个圣诞本来开始得挺好，我总算带着伴侣回家了，家人向我提这个要求可是提了很多年了。

11

　　我和乌巴克被赶出公寓了。

　　我的房东们并没权力这么做，但这已经无关法律了，事关优雅，超越法律。他们拿腔拿调地跟我扯了一堆高级词，觉得这就可以了。

　　我们开始在客栈落脚，一家家换，也常常在我的带篷货车里过夜，同睡一张棉垫。然后在流浪生涯的某一天，幸运降临了，我们走到了应许之地罗沃雷。那是藏在罗讷河边的一个小村子，离贝莱镇不远。这里的一切都是黑灰色的，安静而慵懒，像一幅中国水墨画。六栋房子中间有个面包炉，还能看到往日聚居时代留下的烟灰。经历了人生艰难、有一副柔和嗓音的雅克琳娜和安德烈，出租自家的小耳房，与其说是为了补贴退休金，不如说是想多点热闹。冬天的寒风在窗边呼啸，简朴的居室令人感到安宁，屋里除了一堆堆书籍，没有任何不实用的物件。安德烈允许我随便进他的阅览室，里面藏了成千上万个故事。他喜欢在雅克琳娜去村里闲逛的时候，倒上一杯咖啡或阿贝 10 年威士忌，给我讲他的故事。安德烈会帮母牛生产，修剪屋顶的横梁，还会背波德莱尔的诗……我在想，过去的日子是否更漫长？有些晚上，我听到有人敲窗，接着门缝底下出现了一碗热气腾腾的汤和一片黑麦面包，那就够我和乌巴克吃了……旁边的屋子被一片很大的园子围着，我们分享那片天地，也分享对动物的爱。他们有条叫楚米的拉布拉多犬，毛色像黑宝石一样，是条傲气的母犬，看不出年纪，它试图让主人们过得有活力。它吃得很好，但不怎么活动，如果要描述这只可爱的狗狗的特征，那就是香肠一样的身形，四条腿像牙签。安德烈跟动物们的关系很特别，他爱它们，它们之间口口相传，都以爱回报他。一只猫总是在十对膝盖中间选择他的膝盖栖息，瓢虫也总是落在他的肩膀上。

我喜欢罗沃雷，因为它处在世界的边缘。人们从这里出发，或回到这里，一切都跟别处不那么一样。安德烈喜欢用从前的字眼说话，他说在这种多山之地，最好别怕方言俚语，也别怕关着的百叶窗。这里弥漫着一种彬彬有礼的温情，像旧时的气氛。什么事情都慢慢来，甚至时间也能被叫停。这是我们注定要来的地方，尽管常常被浓雾笼罩，却比亮闪闪的湖畔更适合我们。屋后有个小山坡，他们每天傍晚都去走一遭再回来，雅克琳娜管那叫大山，那确实算一座大山。

露易塞特是村里的另一个常住居民。她一个人住在对面那些窗子很小的老房子里，屋里总是亮着灯。从她的名字就知道她年纪有多大[①]。她爱吃黄油酱汁和朗姆酒蛋糕，身形却很瘦削，似乎到了一定年龄，她的身材就固定在某种气质类型上了。我也喜欢她，她用嘶哑的嗓音优雅地谈论人生，说我们应该适应。她抱怨一切随着年龄增长而变艰难的事情，黄斑病变，维希牌口香糖贵了两倍，侄子们太冷漠，季节变得模糊，语法也没人在乎，然后总结说，没什么好抱怨的。每回一见我，她就借口要我做些鸡毛蒜皮的小事，请我过去，帮她把三块木柴搬回家啦，拧个灯泡啦。她家桌子上总是放着两个不透明的圣路易杯，她颤颤巍巍地倒酒，马尼克酒洒得到处是，她说，酒窖还满满的呢，不如趁她还活着多来喝几杯。似乎到了她这个年龄，就没必要再预防什么了。乌巴克不太喜欢她，不停地叫着，不许她抚摸。它一定捕捉到了什么我感知不到的神秘信息。

早晨我出门上班，把乌巴克留在园子里，它那两只精致的眼睛里落满了悲伤。有时候我忘了东西回来取，

---

① 露易塞特是一个比较老式的名字。

才过去五分钟，乌巴克已经不在外面跑来跑去。它趴在卡雷尔家厨房的窗台上，使出浑身解数想让安德烈注意到它，开门让它进去，然后一起用早餐。饼干碎片不小心从胡桃木桌子上滑下去，落到一只嘴巴里，然后落到另一只嘴巴里。雅克琳娜表示不满，说楚米有糖尿病，安德烈假装附和着。这幕温情剧天天上演，我只想感谢上苍。白天，楚米教乌巴克各种窍门，怎么开门，怎么清晰地表达自己的诉求并得到满足，它就是乌巴克生活中一直缺少的那个女性，它的存在使乌巴克变得更大胆自信，它有点母性，有点顽皮，一切恰到好处。作为回报，乌巴克展示了它的雄性气概，像模像样地吓唬任何想靠近园子的过路生物。无论它去什么地方，待两个小时还是两年，乌巴克都会把自己当成那地方的主人。狗被驯养后似乎没有遗忘自己的圈地本能，也许人还把自己的领地意识传给了它们。人虽然不到处撒尿，却到处围栏砌墙。我给乌巴克讲卢梭，他坚信我们所有的不幸都来自第一个用围栏圈了一块地，宣布"这是我的"的那个人。它嗤之以鼻，跑去忙着守地盘去了。假如来人是安德烈的朋友，主人亲自开门迎接，乌巴克就以伙伴之礼迎接他，显得很开心。傍晚，我从学校回来，碰见雅克琳娜和安德烈手牵手从大山里散步归来，老夫妇的两边各有一只狗伴随。

晚上，乌巴克乖乖地卧在我身边，我正用手撸着它的毛，忽然有人敲门，它立刻毫不含糊地起身离开了我。狗狗就是有这个本事，上一秒沉醉在抚摸里，下一秒抽身就走，既不感谢也不鞠躬，连个眼神都没有。它们大概知道，撸狗的和被撸的一样愉快满足，或者它们认为我们总想得到回报的执拗是可笑的。敲门的是安德烈，他说该去村子那头把鸡舍的门关上了。作为夜间出行的奖励，乌巴克得到了一大块猫牙山产的布里亚干酪。它忙不迭地把干酪吞了下去，生怕一会儿我看见了要分一杯羹。

每周三，像来自二十世纪的肉菜奶酪店的奶白色小卡车划破清冷的黎明，三声喇叭响后，停在村子中央。车门一开，最先到来的两位客人就舞动着八只爪，急切地飞奔上前，车上扔下一些做火腿剩下的肥油，而它们便很快就消失不见了。未来的岁月也将美好如斯，一切都那么公平，没有任何不和谐。然而，这么说也许为时尚早。

我们住在布尔歇湖畔的时候，乌巴克的兽医在贝莱，后来有人就给我介绍了多梅纳科医生。第一次去看诊，他问乌巴克："小家伙，你觉得生活咋样啊？"绝佳的开场白。这个男人身上有一种精致的温柔，一种与幸福在交手过程中培养起来的智慧。他说，很遗憾不能继续给乌巴克看诊，因为他要去实现毕生的理想——驾船环游世界了。眩晕感。他说因为对自由的渴望无法顾及我们，这让我感到欣慰，特立独行的都是些高人。我祝他一路平安，他向我推荐了一位同仁，尚贝里的桑松医生，这很顺理成章，那时我们已经住在贝莱了。桑松医生很年轻，很瘦，手臂上青筋暴起，两只眼睛因为笑得太多有很多褶子。他的首要择友标准是，愿意跟他一起喝啤酒，然后去维也纳滑雪。他用一种恰到好处的轻松态度对待自己的高深学问和那些了不起的文凭。无论在什么情况下，他总是把生命放在第一位。我不知道该用"肛门"还是"直肠"称呼老是让我的狗不舒服的那个部位，他直接管那叫"屁眼儿"，我立刻明白了。后来他还教我做嘴对鼻人工呼吸，这动作能救乌巴克的命。

　　起初，去看兽医是一个往上走的成长过程。每次都有新情况，但一切都好，看诊几乎是种享受。乌巴克被称重、触摸、从各个角度查看。它长大，长胖，变厚实了，医生像敲打结实物件那样使劲捶它。时不时地，它身上某个部位长得比其他部位快，这种不协调让它不太舒服，但一切最终都趋于平衡。起初，检查结果都显示它生气勃勃、强壮无虞，这让我们皆大欢喜。其实生命的分隔再简单不过——起初的成长和后来的衰败。生命这脆弱的把戏，无非是尽量延长第一段的时间。

每次去诊所过程都差不多。乌巴克走进门，略微有些兴奋，这里人多狗多，有些嘈杂，散发出狗咬胶以及它的同类的味道。它看上去完全意识不到，这里会有痛苦。它来来回回地引得门铃响，把大家都逗笑了，滑稽而不自知是最好玩的。人们一次次跟它说它很漂亮，它听了摇头晃脑地表示同意，看起来一点都不烦。有几个客人用悲伤的眼神看它。我去前台报到，但从来都不知道该说是我还是乌巴克有预约，只好把记录工整的病历本递给殷勤亲切的前台小姐。虽然我的说法可能有点绝对，但我从没见过对我们不友善的兽医助理。乌巴克是诊所的宠儿。

她让我们耐心等着。我们在犬区坐下来，兽医诊所都像议会，里面的动物有两个阵营，互相打量，不断地互相说不，另一个阵营是猫。我开始翻上次翻过的杂志，或者看电视购物节目，那上面有个自信满满的史努比在推销最新的神药。我打开签到簿，但又合上了，因为里面字太多了。我浏览布告栏里的小广告，结婚的、做美容的、招保安的。后来我跟邻座的俩人聊着狗的名字、年龄以及为什么来诊所之类的。我还得不停地把乌巴克叫回来，因为它一直忙着给大厅里所有的生物做初诊，都跑到猫那边去了。有些猫狗被关在旅行笼里，乌巴克想搞清楚它们被关禁闭的原因以及刑期长短。跟在别处一样，乌巴克爱这里所有的动物和人，也跟在别处一样，它能感受到那种焦虑的气氛，未雨绸缪地鼓励大家要好好的。它这么可爱，是因为特别懂得去爱吗？只有拳击手让它不信任，就因为他们面无表情，没有其他原因。不过，露易塞特一点都不像拳击手啊！

然后，桑松医生打开某一扇门——事先谁也不知道会开哪扇——大喊"乌巴克"！乌巴克急忙跑过去，居然有人认识它，它感到很惊奇。他俩见面显得很开心，他们之间有一套很愉快的见面流程，就是全神关注对方。之后医生才跟我打招呼。这仪式让我很愉快。乌巴克对每一位兽医都温柔相待，即便是那些让它疼得大叫、留下痛苦回忆的兽医，它也没有丝毫怨恨。想必是感觉到了，人家的目的都是要救它。

活蹦乱跳的小东西被放在检查台上，要不了多久它就能自己跳上去了。我扶着它的脑袋，对它耳语着只有我们自己能听到的儿歌。医生检查它的各项指标，各个方面都进步了，自然真是奇妙。医生查看它的牙齿、眼睛和爪子，像检查种马一样。然后问我有没有观察到不正常的事情。星期四，六号那天，早上快十一点它拉软便，这个要不要说呢？打一针疫苗，用点驱虫药或是采用别的什么预防措施就行了。乌巴克被重新放回地上。医生在它的病历本上贴了张标签，是晋级的标志，然后在本子上写了几个字。乌巴克在旁边拿鼻子拱他的胳膊肘，让他写得有点别扭，他很高兴没发现什么必须注意的问题。我在图表里仔细记录下它的重量。这件事头六个月要坚持做，之后就不用那么频繁了。然后，付了一大笔钱，但我一点都不在意，道别离开。乌巴克出了诊所，兴奋不已，它看了闻了那么多，还成功地保证了未来平安无事。它是否知道，总有一天，诊所里发生的事情将不再那么轻松愉快？

起初去看兽医都是这样，没有恐惧，坚信未来一片光明。如果没有那些眼圈红红、满是哀伤但又不敢大哭的人们，他们走出诊所孑然一身，或是手上多了个方方的纸盒；如果没有其他狗狗那痛彻心扉的惨叫，我们简直会以为，生命长盛不衰。很多年间，我们去看病就是打疫苗，然后意识到健康的身体是种天赐，尽管过后立刻就忘了这一点。

我和乌巴克越来越常去博福坦。

有时是周末或假期，有时找理由逃课，逃得可能多了一点。有些地方就是让你老想去，那就别抗拒。博福坦的风景是那么抚慰双眼，一切都那么平衡，人与土地，

时间节奏，一切都相得益彰。这片高地上的山脉，有的
圆润，有的陡峭，人们根据心境高低来这里寻求战栗刺
激或享受舒缓宁静。我对那里有一种带着自豪的爱，有
时说我是那里的人。尚贝里离得有点远了，除了桑松医
生，我们得再找个住得近点的兽医，好应付紧急状况，
也方便些。我们找到了阿尔贝维尔的四谷诊所。这一带，
所有的店铺都用山坡、山峰或者岩羚羊的名字命名。四
谷诊所也恰好有四位兽医。福热医生好像是首席，嗓门
响亮，内心温柔；维科医生一声不吭，有时候让人怀疑
他不喜欢自己的职业，尽管他技术精湛；将会接替他的
是德莱格里医生（对那些崇尚吃苦耐劳过一生的人来说，
见证一位兽医退休，真是让人感到安慰的事），那是一
位年轻有为、体贴入微的医生，说话时柔和平静的声音
能让人治愈一半。四位男医生身边，是一支训练有素的
医师助理队伍，她们身兼多职，秘书、安抚情绪的前台、
售货员及手术助理。她们可爱、优雅、愉快，能准确记
住每个人，其中的一位后来救了我的狗一条命。

这些各色各样的人走进我的生活，他们的出现是如
此自然，就像是一艘船上的船员，仿佛我选择了他们，
决定跟他们一起迎接激流。

起初一切都很平静、丝滑，阳光普照。船走得一帆

风顺，浪也不多，只需享受当下，享受加倍的快乐，沉浸在岁月静好的确信里，对未来无所畏惧。有什么可怕的呢？明天也有这些好人照顾。

旅途中时不时发生磕磕绊绊，但都没有大碍，甚至更加证明了船体的坚固。一条活泼好动的狗，肌体总会有些损伤。说到底，这些生灵跟我们有相似的肌肉、筋腱、骨头以及非常相像的身体构造，连关节炎都很像。没什么不正常的，但会让我犯嘀咕。毕巴尔对我说，别让狗累着。桑松医生则让我放心，说如果没有特殊情况，乌巴克永远不可能比我先累。我是认同这个观点的，它的生命力比我旺盛。他还说，没人比我更了解这条狗，我也不会使唤得让它精疲力尽。我很喜欢这个人。于是我们奔跑、跳跃、滑动，一次次爬起来又跌倒。这些个小磕碰在我看来并没给狗带来什么危险，反而让它更强壮了。日子就这样在无穷的娱乐中继续，我们从来没有因为对生活太信任而出过问题。

然后，河流变得微妙而险恶了。水流平稳，河岸风光令人陶醉，但有些悄无声息的暗流涌动，如果不当回事，就会被打入深渊。都是些小毛病，我甚至不敢跟兽医讲，怕被认为爱狗过度。但这些小问题足够提醒我，生命脆弱，充满不确定性。乌巴克感染了三次球虫病，有两次险些丧命，最后一次只差几个小时。乌巴克本来过得好好的，进食、睡觉、玩耍，突然就垮了，小便成了咖啡色，眼睛里满是疑惑和疲倦。以前它生病，时间是最好的良药，这次，时间却成了最可怕的敌人。从博福坦到阿尔贝维尔才三十分钟的车程，我一路不停地回头查看，生怕它死了。到了诊所，维科医生采了几滴血，做了个玻片检查，立刻就知道了结果。"球虫病！"十万火急。又来一次。第三次就没命了，谁都没有第三个肾。乌巴克得在诊所住两天，等指标恢复正常。这种蜱虫①是地球上的公害，针尖一样的脑袋阴险、丑恶、自命不凡，吸干周围所有活物的血，连最强壮的野马都不能幸免。爱宠得上这种病是件令人羞愧的事，说明主人疏忽大意了。可是，如果有六十只蜱虫在吸你狗狗的血，你捉掉了五十九只，以为能救它的命了，殊不知还有一只在作怪，这时你能怎么办呢？别跟我说什么一切生命都有用处，这些吸别人的血吸得肠肥脑满的东西只会损毁生命。能跟蜱虫竞争"最令人痛恨物种"称号的，也只有苍蝇了。它们忙完自己的勾当后，还会摆出一副令人厌恶的贪婪相。

还有一次，问题稍小。养狗的人都以为庞然大物可怕，殊不知真正的危险起于微末。就着检查用的灯光，

---

① 动物的球虫病主要通过蜱虫传播。

我偶然发现乌巴克眼角有颗小小的疣子。疣是个好字眼，说明那东西温良无害。主刀的福热医生是皮肤专家，狗是把这个珍贵器官隐藏在厚厚的毛下面的。福热医生有一点让人恼火，遇到什么症状他都爱上网查。算法慷慨地敞开了它知识宝藏的大门，把这个小疣子可能导致的一切后果罗列出来，从最常见的普通毛病，到概率只有百分之三的悲痛结局。在互联网安魂曲的轰炸下，人们的脑子里最后只想着那百分之三，而且命运有时会以最坏的方式来印证这预言。于是经过诊断，要动刀了。打开那动物的脑壳，无需它自己提出要求，在它身上钻洞，或弄得鼓个包，把那小东西取出来，放在一个小器皿里，再装进信封，亲手寄给某实验室那些自己曾经嘲笑过的人，然后就是等待。直到医生打来电话，说出那些个长长的，却会让生命缩短的词，比如肥大细胞瘤，很常见，有时致命。医生最后的结论是，得密切观察乌巴克的状况。虽然本来我就是这么做的，但生活从此变得让人揪心起来。

这些暗流改变了一切。航行紧张起来，要随时准备应对风暴来袭，平静的时刻也不再那么让人安心。去诊所不如以前轻松了，我常常得帮兽医按住我的狗，免得它生疼扭动，以便从它身上取下一小块什么，拿去化验诊断。我陷入了严重的自责，似乎这些痛苦和恐惧是我造成的，这种感觉让我难过。我侧躺着，穿着铅衣，紧贴着乌巴克。我们目光交会，我看到了它眼中的不解，它不明白我怎么会成了这场以强凌弱行动的共谋。回家后我还得弄疼它，要给它包扎，想尽办法让它吃药。最邪恶的招数是温柔。有时候我一靠近，它就躲开，它可从来没这样过，我担心它失去对我的信任，便对它老生常谈，告诉它"这是为了你好"，尽管事情看上去一点也不好。我抓住一切能用得上的道理，包括那些它深信不疑的信念。我内心有两个声音发生了激烈的争执，一个说放过它，就让它无忧无虑地该玩什么玩什么吧；另一个坚信这些不友好的插曲是必须的，因为能延长它的生命。是活得短暂而热烈，还是平平淡淡长命百岁，谁又没有这样思考过生命呢？

12

乌巴克去哪了？

偶尔它不在我身边时，我就会这样想。在我的小天地里，我俩被当作两位一体，一个活的有机体，既不是我也不是它，是我们两个。我应该从来没有跟同一个生物一起待过这么长时间吧。我走路的时候，是我们在走路，它停下，我也停下。有天早上，我和乌巴克正在闲逛，有个路人看见我们，说："你们是谁在遛谁呢？！"没错，我们之间是有这种平衡，就像不同的石块相互拼成牢固的拱顶。再说了，爱不就意味着不再孤独吗？

有时候，我对自己不再需要额外的关系感到惊奇，也有点不安。难道我的生活中没有位置接纳其他温暖了吗？朋友、家人、游戏伙伴们都在，我也没有疏远他们，一如既往地与他们走动、交往，而且我很高兴地看到，乌巴克融入了这些团体，跟我一样，在其中占据了靠近中心的位置，它做得好极了。不过，对更亲密的关系，那种唯一的、紧密而持久的关系，也就是人们称之为爱情的，我并没有感到需求，至少没有爱情缺位时应该感到的需求。

大多数时间我们自己待着，"两个单独待着"，就像不在乎逻辑的孩子说的那样。我们散步、拥抱、拜访、接待、在露台上喝咖啡、打听消息、回答问候、外出度周末、看风景、付出热情、互相思念，做些普通人在一起会做的事，这就是我们的日常生活。养狗的人活在这世界上，好像不完全在其中，也不是活在边缘，只是处于有点开心的半透明状态，一点似有似无的孤独，幸福的、过客般的孤独。你常常孤身一人，坐在长椅上，或在人群中游荡，穿过街道、森林，别人会为你担心，或者当你是愤世嫉俗。不过，只要跟你的狗在一起，人们就会放过你。有些人会理解你，他们懂得，这种自我放逐带来的愉悦，远多于人们以为的匮乏。我并不缺乏爱，生活对我在各个方面都是慷慨的，说句不怕冒犯那些自封的心理学家的话，养狗不见得是为了弥补匮乏，合理的理由多着呢！

虽然我喜欢一人一狗别无他求的日子，但也怕自己的想法会有摇摆。我太熟悉被世界排斥的感觉了，也知道自我封闭的生活多让人遗憾，未来有多少空虚等着我。人类社会并不急着重新接纳我，毕竟我那么多次表示人不如狗，还有其他一些摇摆不定的念头。我差不多总能感觉到，我与狗狗的深情牵绊，激发了我对爱的热望。有时候我怀疑，如果没有可爱的乌巴克陪在左右，单凭我自己是否能讨人喜欢。还有，虽然品尝到分享的喜悦，我心里却藏着渴望，希望能找回只属于自己的身份的力量。

也会有女客人晚上或清晨在我身边流连，她们的到访都很短暂。她们都说乌巴克特别可爱，是真的这样认为，还是讨巧卖乖，我一无所知。乌巴克很难理解为什么那天晚上我房间的门要特意关上，饭后也不玩捉迷藏游戏了。狗是始终如一的，没法想象人是善变的。不过，这些它都不太在意，尽管它有点被忽略，但我们的身体比平时挨得更紧，这些来客在它眼里只是些平常的人类，它凭着自己的预感，猜到她们只是过客。混账如我，有时候她们走后会感到开心，终于只剩下我跟乌巴克了。

不过，在世上几十亿人之中，有个马蒂尔德。

十一月一个寒冷的周四，我刚听完一节晦涩难懂的关于反射及无意识行为的生理心理学课，走出阿斯特雷街十三号的阶梯教室。就在门口，我们的目光交会了，眼神彼此穿透，几乎带着挑战的意味。那是上午十点二十分，空气里弥漫着香烟和咖啡的味道，要不是后面要继续上课，我们可能要一直在那里待很久。在那之前，我们彼此从未见过，也许我俩都不存在。她是个深色皮肤的女子，黑头发，黑眼睛，眼神仿佛在说别打扰她。她笑的时候露出一口白牙，对快乐非常敏感，常常大笑。她穿着正装外套，显出少有的优雅。她常常表现出一种夸张的骄傲，内心对自己充满怀疑的人往往如此。后来，我们揣摩对方的习惯，不那么偶然地相遇了几次。学校里的几个家伙，以及几个开心果，也是通过这个决定一切的偶然，成了我们共同的伙伴。然后，就有了咖啡机旁的碰面、课间的戏谑、开心的小组学习、拿来当借口的复习、机缘巧合的陪伴、各种身体运动——因为体育系就是这样。周四的聚会，便利店或彩票点，梦想改造世界的夜晚使我们从各自的生活中逃脱出来，一点点想象着另一种生活的轮廓。我们的生活其实有很多共同点，相似的轨迹、相似的挫折和挑战、相似的障碍，我们好像一直走在同一条路上。尽管如此，把两条平行的道路合在一起并不容易。这是一场迷人的舞蹈，既要主动发起，又得善于等待，永远不可鲁莽行事。要随时准备回应呼唤，以月甚至以年为时间单位去考虑。之所以拉长时间线，是出于对对方的尊重，猜测对方有独特的经历。从最初的那几分钟起，我们就在冥冥中有种直觉，总有一天，我们的生命会交织在一起。只不过，各自生活里还有些其他人，两人都要忠于对他们的承诺，只能耐心等到关系足够明确之后，才能顺理成章地把其他人排除，而不至于觉得自己太忘恩负义。也许，我们心里也害怕，关系确定之前都这样，现实会扼杀梦幻，而我们都自负地坚信，自己比住房储蓄计划或宜家的柜子更有价值。

我和马蒂尔德——我觉得她很美——有相同的世界观，我们之间的那点差异恰好可以互补。我们见面时，一件事能从晚上说到第二天早上。晚上，我们喝酒聊天，热烈讨论但从不过火，就算争执起来，也不会争到吵架的地步。我们一起睡觉，只是为了相互厮守，有时候也会身体交缠。她是我失联已久的妹妹，人对妹妹是不会有什么欲望的。我们谈论一切，互相启发，互相丰富，互相承认自己的弱点，然后都假装没在意。我们一有机会就去酒吧或小餐馆，看着那些彼此无话可说的伴侣，他们直到烤盘上来才找到点话题。我们拼命忍着笑，为自己感到骄傲。从橡木地板到 501 牛仔裤，这些东西经过时间磨砺都会愈加美丽，爱却不是这样。我们在一起时，生活饱满有力，我心里有个声音告诉自己，这种热烈的生活完全经得起时间消磨。我们也聊狗。她给我讲她小时候跟狗一起玩的事，她的头发老是湿漉漉的打着绺，因为被叔叔和阿姨们的狗舔过……有大金、袜皮弟、土波来福，都是别人的狗。还有贝尔纳的雪铁龙车，老是一股他的狗狗拉科的味道。马蒂尔德爱它们。我觉得，如果她不爱狗,我可能永远都不会爱上她,我们的交集可能就止步于酒吧畅饮时刻了。因为一个人爱不爱动物,我是立刻能感受到的——一句话,一个眼神,或者不说也不看。在一个人的好恶里,这是最深刻、最能决定我是否能与之合拍的一点。

马蒂尔德打电话给我,说她想来布尔歇过周末,因为我在电话上跟她讲了那条狗那么长时间。我开上货车,带着乌巴克去里昂接她(她在巴黎教书),一路上心花怒放。一来我可以再见到她了,二来这是她和乌巴克第一次会面。如果书上说的是真的,他们将一起迎接上千次日出。见面时我们紧紧拥抱,亲吻其实毫无意义了。我迅速拉开货车的侧门,乌巴克出场了,我感到一阵骄傲,虽然这感觉有点蠢。马蒂尔德见到乌巴克,好像从小就向圣诞老人祈求的礼物终于到了手,幸福得不知所措。他们相互握手、拥抱、低声吼叫,然后跑到旁边的一个足球场,在那里又跑又跳玩了很长时间。他们完全不理会我,这太完美了。这是他们的相遇,我是个开心的傻乎乎的看客,如果说人的心脏一生能跳四十亿次,我希望此时的心跳能永远铭刻在我的记忆里。

夜幕降临,我们围坐在我那张虽然很小,却能拉近彼此距离的木桌旁,重拾两三个月前中断的话题,生命的沉重和美丽，以及诸如此类的问题。我们也聊了共同的朋友，罗曼、西尔万还有其他人。乌巴克的在场很有用，能缓解尴尬，填补越来越多的沉默。告诉自己来日方长并没什么用，某些时刻就是会被欲望搅动。乌巴克这里一下，那里一下，幸亏有它打岔，我们可以避开最终的表白，因为无论喝什么壮胆，两个人总是缺乏那么一点点勇气跨出最后几步。事实那么强烈地冲击着我们，似乎如此显而易见，但还是需要一句话，几个字，一个动作，来跨越那几厘米的距离，揭示真相。乌巴克对自己要扮演的角色并无异议。我们俩目前还处于心跳和凝视阶段，所以没什么问题。但愿生活别让我，有朝一日，当我在这个女人身边时，脑子里只想着别忘了喝酸奶。

马蒂尔德和乌巴克一起玩耍，在屋子里变戏法，在花园里互相追逐，他们俩心真大。他们玩了一整晚，偶尔停下来休息的时候，我难得单独跟马蒂尔德在一起，我们还是什么也没说。我观察着他们，他们在一起那么和谐，这是我乐意看到的。同样的活力，同样抓住瞬间的渴望，同样快乐地关注着对方，不在乎会发出多大噪声。狗大笑起来是什么样子呢？乌巴克奔拉着舌头，到处哈气，马蒂尔德两颊都被抓伤了，有点没女孩子样，但很适合她。我很高兴，她没像对三岁小孩那样跟乌巴克说话，不溺爱也是一种尊重。乌巴克跟平时有点不一样。它更凶猛，更强大，更有雄性气概，又咬又抓，一会儿又害怕地躲到我怀里，拿我当挡箭牌。它的变化是因为年龄，还是因为有不一样的人类在场？它似乎想对她说欢迎，请留下来，但又担心她会占据太多的位置。它能预感命运，它一定明白了，我们都来到了生活的十字路口。

到了凌晨，他们终于玩累了，气喘吁吁地。马蒂尔德脑袋枕在黑垫子上，身体躺在地毯上。我们曾度过的那些不眠之夜，我都还记得。乌巴克也是，前爪搭在女客人的胳膊上，蹄子压在上面，似乎在说"别动"。我煮了咖啡，用滤纸过滤，咖啡很浓很浓，我们的胃到周一再休息吧。我看着熟睡的他们，心里想，也许从此每个清晨都是如此，一份爱不会消除另一份爱，恰恰相反。假如我和马蒂尔德同走余生路，那么，除我之外，就能有另外一个人知道乌巴克是条什么样的狗。最合适的见证人只有她。

当天晚上，我们做爱了，没有妨碍任何东西。

13

最初几个月，我们只在周末和假期见面。国民教育部的功劳就是制造了相思病。不过，让马蒂尔德感受一下相思也许是好事？我们俩分别在 A 区和 C 区，因为旅游业就是这么分割法国的。今年我们只有一个星期假期是同步的 ①。

在罗沃雷，每当马蒂尔德驾着她那辆红色雪铁龙 306 到来，都会得到惊天动地的欢迎。雅克琳娜和安德烈在门口等她，他们俩比较沉稳，但同样热情。他们比任何人都懂得二人世界有多好。楚米也来看热闹，发出拉布拉多犬那种呼噜呼噜的声音，似乎表明很开心。安德烈管马蒂尔德叫"女儿"，把她拥在怀里。他真正的女儿去圣塞西尔修道院出家了，早就拥抱不到了。乌巴克又跑又跳，不停地转圈。又见到这个充满关爱的人，它开心地发出短促的叫声。它坐在我们中间，我们俩都伸出一

---

① 法国学校实行分区制，分为A、B、C三个区，学校按不同的时间表放假，这样可以避免旅游旺季交通拥堵。

只手抚摸着它。我们仨的日子就这样开始了，温馨、时断时续，却充满活力。乌巴克虽然看上去对事态的发展很满意，却也不忘表达对专宠的偏好。它明显地表现出退行，又开始在屋里大小便，最喜欢早上尿在我们房间的门槛上。它还开始爱吃屎，执拗地啃咬着几根攀岩绳，把墙体挠得露出了内结构，还有其他一些可爱的嫉妒行为，试图提醒我们它在家里的地位，生怕在新生活中失去原来的位置。一条狗在承诺对某人彻底忠诚之前，可以在同一天对这个人表示欢迎，但假如此人卷铺盖走人，它也不会难过。

我俩刚开始同居时，有好几次被身体的欲望驱使，在没有预兆的情况下，在好奇的乌巴克能看到的地方做爱。如果刻意安排或暂停动作，打发一条伯恩山犬到别处转转，激情就失去了浓度。爱意正浓时，突然感到脚腕上有条湿漉漉的舌头，这可让人乱了阵脚，够恼火的。可生活有时候就是这样，既没刻意计划又没什么禁忌，什么都搅在一起，却又挺和谐的。尽管促狭鬼桑松医生告诉我，动物族群里只有领导者才有权公开做爱，我还是跟安德烈要了车库和花园的钥匙，以确保乌巴克只能去研究园子里青蛙的求偶仪式。

年底，马蒂尔德被调到了南部 B 区工作。比原来也没好到哪儿去，离我们的准根据地四百公里，而且是在另一个方向，休假的时间也变了。当局看来是拿定主意要考验我们。有时周末快结束的时候，就算马蒂尔德不敢提，我也能感受到她的心愿，她想带乌巴克回她上班的那个冷漠之地，好像想带走我们的一部分，以便在上班的日子里有点安慰。乌巴克毫不犹豫跳进雪铁龙的后备箱，这只狗狗的生活态度如此简单明了，真是最好的良药。在它宽宏大量的心里，马蒂尔德就等于我。汽车后座放倒，它的大脑袋顶到车顶棚。它回头看了我一眼，告诉我别担心，他们走了。我一直挥着手，直到汽车拐过鸡棚，消失在我的视线里。这时，方才悄悄走开的安德烈半开了门，喊道："塞德里克，来吧。"他转动酒杯，给我讲什么叫葡萄酒的泪珠，这如何关系到酒的价值以及马丘拉兹酒能抚慰多少病痛。今天是周日。周一、周二是回忆的日子，昨日的芬芳萦绕不散，周四周五是期待的日子，周三则漫长得让人无法理解。她在电话里说，乌巴克更喜欢大山，不喜欢无聊乏味的海。

接着，分离变得无法忍受。一分钟都不分开，这成了我们的目标。

幸福就是如此，它会让追求它的人舍弃一切不能直接获得幸福的东西。事业是我们首先想舍弃的东西，比起往上爬，我们更愿意好好生活。体制动用了一切规章来阻挠我们实现简单的幸福，马蒂尔德却油盐不进。她收拾行李，离经叛道来到我身边。在某些年龄段，人们会以为凭着自己的渴望和激情能改变世界，直到让世界屈服。这种自负终会被智慧挫败。人活一世，无非是让这自负之火熄灭得尽量晚一些。我和马蒂尔德一起努力维持着这幻想，在没有船桨的船上航行，一半靠天真，一半靠信念。她大包小包地来投奔我，我们整天待在安德烈和雅克琳娜家里，沉浸在甜蜜的时光里，两人形影不离，唯一的阴霾是校长办公室的电话。在 B124 办公室，"扫兴小姐"向我们宣布我们面临的惩罚，并迅速实施。薪水少了，训诫多了，行政部门就像一台变速马达，假如它欠你的，它的速度就慢，假如它要惩罚你，就变得飞快。这种潦倒状态让我们更加如胶似漆，二人世界的快乐抵消了一切不顺。也许是为了进一步挑战循规蹈矩的生活，我们在什么都不稳定的情况下，买下了一座老旧木屋。木屋在博福坦的森林草地深处一个叫夏特莱的地方，远离人世，不用上班，没水没电，外墙都被虫蛀了，屋子被包围在灌木丛中，摇摇欲坠，但却朝向正南，周围有很多狐狸、麋鹿，鹰隼在空中喋喋不休。对我们仨来说，这些都是无关紧要的事。如胶似漆阶段的伴侣们，都爱做一件温和而坚定的事情，那就是隐居。他们有个绝好的盟友——大自然，这使他们越发孤立。

我们这些轻率的决定让双方家人大惊失色，但我们成长了。都说我俩到了三十岁才闹青春期叛逆，这是个好消息。如果我们一生的发展阶段都延迟，那死亡大概也会来得晚一些。恋人们在激情巅峰阶段有种经典心理：以不理智激发更多的不理智，挑战一切规范和期待，执拗地故意去招来谴责。明知道原因在自己，却不愿承认，只是骄傲地表示蔑视。一切似乎都在阻碍我们实现梦想，这就强化了我们被全世界忽略的想法，使我们越发坚信，彼此只需要对方就够了。这种策略的有效性是有限度的，总有一天，纷繁的生活和长期的斗争不再增强，而开始削弱核心的力量。我们可要小心，别跌倒。

我们仨都尽力而为。

周一到周五，我做我该做的工作。马蒂尔德和乌巴克去夏特莱周边的林子里探索，晚上就带我去看白天发现的瀑布、油菌，还有鹿睡觉的地方。马蒂尔德老是挨骂，这些林子有点像她的探险丛林。我天天奔波，在路上精疲力尽，但我不在乎，只要能回到我们的小天地，一切都值得。我们的日子千篇一律，但如果想做什么，我们从不等到明天。我们手牵手走着，乌巴克挤到我俩中间，用它那沾了泥巴的鼻子拱着我们紧扣的十指。有了这些美好时刻，我们对生活别无他求。当时我们并没

有意识到 —— 这是好事 —— 那些叛逆的日子将是我们最幸福的时光。周末,我们去爬山,选乌巴克可以在山下等我们的路线,其他登山者看见它都又惊又喜。有一天,在巴尔姆山顶,它甚至跟着我们爬了两段 2B 难度的线路。我们让它在一块突出的悬崖上等我们,它躲在石头下面,裹着一条救生毯,免得被暴晒。后面的登山者肯定会以为碰上野人了,吓得跳得比它还高。

冬天的日子也很美好。我和马蒂尔德早上滑雪,下午亲热,晚上做青酱意面。有时候我们一出门就是好几天,鞋底绑着海豹皮,带着乌巴克,在帐篷里过夜。我对它说,登山者都得自己背自己的食物,这是规矩。不过,我可以替它背,因为夜里它会加倍回馈我们,温暖着我们冻得发抖的身体,比莫内提的温泉还暖和。它几分钟就睡着了,发出满意的响声,还像人一样打呼噜。早上起来,我从马蒂尔德的眼神里看出,她很怀疑夜里是不是有人在轮流演唱。乌巴克爬出落满了霜的帐篷,好像我们要去海滩。我们掀开帐篷一角让它透气。我们看着它,赞叹不已。在这种严酷的环境里,它除了做自己,不需要任何东西就能生存,而我们这些人类却得靠几公斤的鹅毛和数小时的准备才能活下来。它究竟是什么材料做成的?

别的时候，我们一有空闲就忙着翻新小木屋。我们就凭着自己那点浅薄的本领和可怜的积蓄，也根本没考虑工程量有多浩大。乌巴克睡在离挖掘机和没有地基的残墙五十厘米的地方，黑毛沾上了白石膏粉和亚麻油。它翻出了些有一百多年的老物件，包括一根雷管。它与一对獾夫妇一见如故。它还是那么笃定，决不让任何不信任感给自己添堵。晚上，我们围着炉子，就着头灯的光亮，喝蒲公英煮的汤，吃浸在巧克力里的香草冰激凌，吃吃喝喝直到深夜。如果在这四面透风的屋里还觉得冷，就再喝点葡萄酒。生活是美好的，只要二人同心，就可举杯相庆。慢慢地，墙洞装上了窗户，电灯代替了蜡烛，厨房和热水也陆续有了，木屋一步步变得舒适起来，每一步都像跨越了一个世纪。

乌巴克总是跟我们在一起，无论我们去哪它都在。它的在场毋庸置疑，却又那么低调，不引人注意。这只大家伙动作丝滑，灵巧地在门边、桌腿和不知谁的腿之间移动，我们都忘了它的存在。它自己清楚，这就是它的优势。当我们在餐馆、车站或草地驻足，它扎营的方式都一样，要么把自己的一部分身体靠在我们脚上，因为它知道一切运动都来自我们的脚；要么在迅速研究地形后，把自己安顿在逃跑线路的交会处。无论哪种方式，它的样子都很安逸，脑袋放在地上侧躺着，一只眼睛盯着全局，另一只盯着我们。

用我们觉得正确、和谐的方式养乌巴克，似乎能让我们对养孩子这件事有信心。养个真正的孩子，会说话，能学习，能给我们祝贺生日。不过，马蒂尔德和我都不想要孩子。关于这件事我们讨论过无数次，最后都欣慰地发现，在这点上我们的观点也完全一致。我们的爱足够强大，本就可以天长地久，不需要通过造一个生命来延续。

这只狗是个生命，不是替代品，也不是投射对象。乌巴克长大了，变老了，如果换算成人的年龄，它现在比我们都老了。如果之前它像我们的儿子，如今就算我们的哥哥了，将来会变成我们的父亲。这种念头太过荒唐，无法认同。出于对自己和乌巴克的尊重，必须拒绝这样混为一谈。叔本华把他的狗奥特玛指定为继承人，这主意虽然好玩，我却觉得它于人于狗都不是好事，人性化不意味着把一切当成人。

我们不太把它当成一只戴蓝项圈、需要增肌的公狗，它更是一条生命，怎么活是它的事。大自然不受刻板的性别规范的影响，雌性可以撕咬、护食，雄性也会孵化。但乌巴克仍有鲜明的身份特征，凭着它的性格和经验，它能在几百万只狗当中脱颖而出。我们俩在一起是伴侣，就像彼此的另一个自我，相伴相生。我们仨在一起，是三条活着的生命，无他。一天，我们吃着圣诞巧克力糖，一边拿每张糖纸上数字的含义开玩笑①，但看到数字"3"的时候，我们都闭嘴了。那张银色糖纸给我们的解释是，完美的平衡以及时间的延续：昨天，今天和明天。这好像是在说我们。我们这些顽固的无神论者啊，看看，三位一体显灵了。

有人说我们仨是一个家庭，但我们更愿自称为一个兽群，因为在这样一个群体中，血缘关系并非必须。我们无须仪式就能互相承诺忠诚、互助和自由。通过这个俏皮的字眼，我们赋予了生活它所缺乏的野性。如果动物学家一定要搞清楚谁是群里的老大，那我们就说，我们对永恒的天真梦想就是老大。

今早，在阿雷什体育馆的咖啡店，年过八旬的老板菲力西安系着带口袋的蓝色围裙，口袋里装着小笔记本，耳朵上夹着一支黑色圆珠笔，不管你点什么饮料，他都跟你要"四块四"。他给我上了不加糖的咖啡，给乌巴克端来一碗水。身在此地，还有这些老规矩，多么幸福！他把木质圆托盘端在胸前，用眼睛巡视了咖啡店一周。

———————

① 法国传统圣诞节吃的一种糖果，金色或银色的包装纸上印有谜语、笑话或格言。

"你们家的马蒂尔德没来？"

他平常是像叫自己孙子一样管我叫"你"①的。我明白了，他是在跟我和乌巴克说话。以他那双内行的眼睛看来，我们是一个八条腿的家伙，也就差不多能直立行走。

这可太让人心里踏实了。

---

① 法语的"您"和"你们"是同一个词。

14

还有一件事，也是多亏了有马蒂尔德在。

我们去兽医诊所去得越发频繁了，按我们的标准，生活已经不能算平静了。要想让幸福持久，似乎总要付出点代价。

再也没有一次检查是轻松无虑的了。去兽医诊所变成了件让人紧张的事。这次他们又会说什么呢？

脆弱的乌巴克不再到处乱跑，不再理会其他动物，它紧贴着我们的双腿，一会靠在马蒂尔德那里，一会儿在我这里，恨不得在我们身上找个地方藏起来，搞得我们不停地把椅子往后推。我再也不用费劲把它喊回来了，而要想方设法安抚它。它喘息的身体和狂乱的记忆都在恳求着我们，赶紧走吧，赶紧回到正常的生活中去。那是三倍的恐惧，它的和我们的。我多希望只是来打个疫苗啊！轻松愉快的记忆并不遥远，就在昨天，而我们已经想让时光倒流了。生命短暂，我们早就懂得了时间的痛。每个小小异常都要报告给专家，没有不痛不痒的毛病了。一切都爆发了，现在要考虑最坏的可能。我们之前的担心是对的，这又催生了新的焦虑。再没有兽医告诉我们乌巴克长大了，如今它已变老。幸好生命的河流摇摆不定，恐惧与恐惧之间有缓冲区，情况改善了，情况变好了，甚至让人忘了忧虑。幸运的是，在抓狂和手忙脚乱之余，仍有些宁静的快乐，如今这些快乐愈显珍贵，因为我们太知道，它们有多短暂。

有时候，毫无预兆地，生活的小船遇上了礁石，被撞得七零八落。一点小事就能让船翻掉，被激流冲散。乌巴克趴在夏特莱的露台上。才早上八点，通常我们早上的会面是热情洋溢的，一夜安睡过后它精力充沛。我坐在门槛上，乌巴克趴在那里，一动不动。它显然想过来，可身体像僵住了一样。我走过去，明白它已经使出了九牛二虎之力，我赶紧喊马蒂尔德。我刚碰到它的肋骨，它就嚎叫起来，目光在说它也不知道怎么了。就我们自己，怎么办啊？我努力不让它看出我的惊慌，把它抱起来，尽量不弄疼它。我们爬了二十六级台阶，上了车子，几乎感觉不到它的重量，情况的紧急激发了我的力量，最后一个阶梯的木板烂掉了，我差点把乌巴克摔下去。我把车开得飞快，但又得特别当心。我在路上就给值班医生打电话，因为今天是周六。到了诊所，维科医生的镇定让我们稍稍放下心来。做了 X 光片和超声检查，结果晴天霹雳，脾脏破裂，腹膜炎，脓毒症初期，生命垂危。这次生死就在几分钟之间。助理急匆匆赶到，马上安排手术。"下午给你们电话。"我们俩孤零零地坐在候诊室里，都不知道自己跟医生道别时是否得体。

两天之后，乌巴克才能被探视。它待在笼子里，像个伤兵，半个身子被剃了毛，身体像是用了一百个订书针一片片缝合起来的。我们仿佛第一次见面，它又开心又抱怨，呜呜地叫着，我真怕它不小心把肚子挣裂。我不想哭，可还是哭了，因为后怕，因为以为它大限已至。这不合时宜的眼泪，以世界的痛苦为名，先迟疑了一阵，在我的鼻腔后面稍做停留，然后不管不顾地滂沱而下。有谁能说清楚痛苦的理由呢？乌巴克舔着我的眼睑，舔着我的悲伤，那是盐的味道，也是爱的味道。两天后我们就可以把它接走，如果我们申请在这里过夜，他们会同意吗？我们带了些血肠给它吃，天真地以为能给它补血。它勉强能站起来，但状态已经好多了，眼神又有了生气，仿佛乌云边缘透出了一丝阳光，还不是那么明亮，但生命已经回暖。在那个晴朗的、跟后面的日子一模一样的春天早晨，生命消逝就在一呼一吸之间，这我们是知道的，只是忘了。如果那天早上木屋没人，它可能就死了。如果我们起床再晚一个小时，它可能就死了。如果维科医生没检查出它的病，它可能就死了。要避免这许多如果，它才能幸免于难。

每次看急诊自然都是假日或周末，诊疗费要加倍，但我们不在乎。钱的问题根本不值得考虑，反正有很多可有可无的花销，省掉就是。那些宠物的主人，也不都是来自富裕家庭，他们家财微薄，却愿意为自己的狗、猫、小毛驴或其他什么好笑的动物花大价钱。他们宁愿放弃平板电脑，不去马约克度假，放弃那些对其他人来说必不可少的享受。看到这些真让人动容。二〇〇八年经济危机的时候，好多分析家预测说，阿猫阿狗们跟其他一些娱乐一样会被割爱，结果并非如此，人们该花的钱还是花，因为有一项最重要的娱乐，那就是爱一个自己之外的生灵，这项活动花费不菲，却是无价之宝。

维科医生救了乌巴克一命。后来，轮到乌巴克的女儿时，是福热医生救的。他告诉我们，那是他一生中最难的手术，他花了几个小时才把狗狗搅成一团糟的肠子解开。

兽医都是些了不得的人。我这么说并不是奉承，好让命运对我们好点——早就来不及了。我只是在说一个事实。

他们八点钟做十字韧带手术，九点钟切了个肠道肿瘤，十点钟协助分娩，十一点钟检测到一种神秘的寄生虫，十二点钟处理了一例青光眼，中间还得抽空救治一只被压伤的狗，它四肢折断，浑身滴血，嚎叫着。下午唯一的共同之处，就是跟上午完全不一样，第二天也是如此。他们精通一切，每个人都有本事处理通常十个医生才勉强搞定的事情，而他们的病人还都说不清楚自己哪儿不舒服。在一片乱糟糟又可爱的喵喵声、汪汪声，又唱又叫但从不说谢谢的病人中间，他们医术精湛，手到病除。晚上，他们谢过助理，坐进自己的车，车不大，不是黑色的，也没有"某教授专用"的停车位。他们就这样回到了离城市越远越好的乡下的家。明天，他们那些不说话的病人又会等在那里，他们得再次拿出对职业的那份好奇心。那种好奇心谦卑而多样，近乎智慧。

我们会崇拜他们，他们是乌巴克或另外哪只狗的救星，我们也会讨厌他们，因为他们总是语焉不详，而又很少说错。在我们的生活里，他们简直是精神分裂般的存在。我们常常希望他们能说点跟刚告诉我们的不一样的东西。他们关于狗的知识，不符合我们对自家狗狗的认知。尽管我对别的一窍不通，却是我们自己生活的专家。我有时候会作弊，不告诉他们全部实情，以为这就能左右他们的诊断，左右生活的走向。但他们立刻就识破了我的伎俩，让我觉得自己是个傻子，居然想蒙他们。不过，他们老想证明狗感受不到这个，想不到那个，狗看不到红、粉和橙色，哈士奇犬被在它身后拉着它的主人大吼大叫时，不会开心地伸出舌头。这些话让我烦躁，谁告诉他们的？难道他们自己以前做过狗吗？跟兽医——通常我们叫他"我们的兽医"——的这种奇怪关系会延续很多年，而关于狗的一切其实都是假设和解释，这又让关系变得更复杂了。主要的当事者始终一言不发，由着那个爱它的人去搜寻他想看到的迹象，眼神更灵活啦，走路更流畅啦，喝下了一碗什么汤啦，或是今晚星空明亮啦，但这些感情用事的指标早晚得屈服于理性的检查。验个血，做个超声检查，兽医最后要扮演那个可恶的角色，让你面对残酷的现实。从前，这些事可是靠祈祷的，那多好啊！

这些穿着绿罩衣的医生就这样占据了我们的日子。在惊喜和惊愕之间，那个不可回避的、潜伏着的、关于终点的问题出现了。终点在哪里？终有一天，生命会断流，没有一条河是永恒的，命数已尽。乌巴克船长和它的船员终将到达海洋。祝它航行顺遂，只不过入海时会有些混乱。它的小船终将面对辽阔的海洋，比我们所有人加在一起还要辽阔的海洋，水面闪闪发亮，水下是一望无际的黑暗。彼时，每个人都要考虑是否继续的问题了。是否为了爱舍弃尊严，人类自己本来就会遇到这个问题。涉及爱犬，不可避免地马上又会凭着自己的意愿，去决定狗狗的最后心愿以及哪些事情可以接受。狗沉默不语，既让人为难，又给人可乘之机。我知道，无论怎么抵抗，总有一天，我们和乌巴克、福热或另外某个医生，会去某个单独的、比其他地方更昏暗的房间，我和马蒂尔德被问了那个该死的问题，我们要决定乌巴克的生命该怎样结束，是否使用戊巴比妥。总有一天，所有的小船都会沉没，造船的木头会腐朽，我们会低声耳语。这样死去，比在追野兔的途中猝然倒地更好吗？我怎么会知道呢？乌巴克也许有自己的想法。

但眼下这个问题暂时不存在。凭着活力和对生命的信念，我们把它推得远远的，不许它这么早就出现。狗狗六岁了，估摸着正当中年，四十二公斤重，肉很结实，几乎没有蛀牙，叫起来整个山谷都是回声，它是世界之王。我们从诊所出来了。今天，我是陪乌巴克来迎战命运的。几个月以来，马蒂尔德每次独自带乌巴克去看病，带回来的都是好消息，而那几次我接手时，结果都要糟糕一些。我可不能把一条生命交给迷信，也不能让马蒂尔德独享好消息啊。福热医生告诉我说："就是有点凶险的肠胃炎，乌巴克估计是吃了点变质的肉。别担心，这病来得快去得也快。"好吧。

离开的时候，福热医生做了件他从来不做的事，因为在这里人们通常只关心动物的情感。他陪我走出诊所，对我说了下面这番话：

"不必不好意思。开心也罢，害怕伤心也罢，指望别人能理解和接受这些感受，纯属白费时间，对您和乌巴克也是侮辱。别当回事！"

我郑重地说了声谢谢，并保证不在意。我满心欢喜，又说了那句跟医生告别的经典用语："不说再见了，尽管很愿意见到您。"

然后我们都笑了起来，坚信自己掌握了正确的方法，可以不必害怕失控，安心过自己选择的生活。

15

我对乌巴克又拉又拽又打，毫无效果，哪怕我提高声调。我的好伙计仍然一动不动。

可是，只要我给它一点点许诺，比如近乎耳语地说一句"咱们散步去"，就能让它激动得发晕。"散步"这个字眼是属于它的，是它激情的来源。它的每只耳朵有二十块肌肉，每一块都各就各位，时刻准备着。听到这话，它的耳朵竖了起来，如果它懒得动，就只竖一只。它的眼睛发亮，一副不可思议的表情，好像这邀请有多稀罕似的。它后半身一跃而起，前半身做了个伸展的动作，发出一阵身体关节费力连接的响动。我们走到哪儿它跟到哪儿，恨不得绊我们的脚，像障碍滑雪似的在屋里乱窜，还不停地叫几声，生怕我们把散步的事忘了。它可是知道，人类善变，他们的许诺有多不靠谱。如果这些不奏效，它就跑去找它的狗绳，虽然我们从来不用它，可此时还有什么物件能更让它兴奋呢？于是乎我们都动了起来，所谓"激动"①不就是这么来的吗?

我们一起走过的路，也许没有一百万公里，但几千公里肯定是有的。就算大多数经历将烟消云散，但我知道，在将全部记忆封存的那个时刻，我和我的狗在大自然中徜徉的那些时光，将是最难以忘怀的。徒步道、小路、小径，沿着别人的脚步走，或是自己开辟道路。茂密的树林、光秃秃的草场、河畔、麦田、环湖线路、圆润的山丘、高耸的山峰、冰川、公园、住宅区，还有那些葡萄园和沼泽之间的无名之地、脏兮兮的窝棚、干旱的土地、高高的草丛、落叶、岩石、尘土、泥泞、雪、雨水、炎热、霜冻或狂风、日出、日落和夜晚，无论是几分钟还是几天。我们走遍了世界，除了岛屿，高山去得也很多。这是我们共同走过的路。

无论跑步还是闲逛，乌巴克总是走在前面。它得开路，防范各种危险，把扔出去的那块面包捡回来，或者让我们确保它的后路安全，只有它自己知道这有多重要。每十米它回头看一眼，确定我们都好好的，然后继续前进。一旦确定了目标方向，它就开始蜿蜒前行，狗其实跟我们一样，会想象前方藏着什么宝藏。每当它这么做的时候，我就觉得，它那迂回前进的样子，活像顶着大

---

① 原文为émotion，"情绪激动"的意思，最初含义是"动荡""动作"。

浪航行的帆船。它探索的位置很低，鼻子擦着地，我都害怕它会撞在树上，但这种事从来没发生过，即便到了晚上，周遭变昏暗的时候。每当它抬起头，我都一厢情愿地认为，它喜欢看地平线。每到一个交叉路口，无论是真实的还是象征性的，它都会停下来等我们。有时候，为了逗它，我和马蒂尔德往两个方向走，但它知道这没什么。它假装叫几声，一切又回到正轨了。

如果我闹着玩超过它，它就开始加速，从它的高度向我投来责备的目光。如果我坚持，它就加速奔跑，把我甩到后面，好停止这场玩笑，但从不让我离开它的视线。只有某些冬日，它才肯接受走在我们身后，连它的主人们都艰难地踏雪而行。

无论到了哪儿，问题都是同一个：去哪儿散步呢？

答案有时候显而易见。大多数时间，不管在家还是在外，我们周围都是一片绿色。但有时候，就得挖空心思，嗅一嗅，踩一踩，因为只有公路、街道、停车场和街心环形路口，地是灰褐色的，画满了线，灼热而令人窒息，这种地方也能叫风景吗？与动物一起生活会让人意识到，大地被分成两部分：一部分你可以抚摸大地的肌肤，另一部分则被裹上了沥青。城市是直角的国度，在那里就得费劲找地方。我们，特别是乌巴克，后来成了专家，总能找到属于我们的那一小块绿地。它能准确地嗅到城市的呼吸，带我找到那儿。两个地下停车场之间，居然有个长满了草的小土坡；市政府专用的灌木小径；长满不屈不挠的蜀葵的花坛，像野草似的挤占了石板路的空间；某条街道转角处废弃的园艺花园，竖着房地产广告牌，上面画的人们一副幸福模样，站在种了蔬菜的阳台上。乌巴克跟着无形的箭头，在城市的中心找到了这些美好的小天地和通往有机世界的路径。它对陌生的地方有种奇怪的熟悉感。不过，更常见的情况是，我们在近旁就能找到绿地，大得足以淹没我们，唯一的限制就是想象力不够。于是我们就去散步了，我要强调一点，不存在谁遛谁，我们的关系是平等的。

　　我们每天的日程，或多或少都是按计划进行的，但有例外。散步。徜徉（或者说行吟，因为这项活动为世界增添了诗意）。一只手握在另一只手中，时间暂停了，我们抓住生命本身，放下了其他所有的一切。乌巴克和我。马蒂尔德和乌巴克。乌巴克、马蒂尔德和我。某个访客。这条狗即便自由自在地生活在森林中，也一定会分享这项活动，一定会。我们在木屋后的马侬古道上慌慌张张地奔跑，在"四分钱"树林中浪荡一两个小时，或者在彻底无所事事的日子里，向往阿尔卑斯的山峰。散步的宗旨是一成不变的：知道我们要去哪，但也很乐意兴之所至信马由缰，有点像一场清醒的漫游，一切任开路者决定。时间长短无所谓，重要的是散步的节奏。乌巴克不会明白，既然要享受这一刻，为什么又匆匆忙忙呢？我想，所有的狗都不会明白这点。如果白天时间太紧张，只能散步十分钟，也得做出能漫游一生的气势来。乌巴克根本不在乎，哪怕走到佩拉兹线路的终点，眺望皮埃拉孟达山①的美景。它不在乎走了多远，它在意的是漫游持续的时间。假如没有那么多时间，至少要悠然自得才好，直到最后一刻它才会改变节奏。散步归来，我刚刚打开门，它立刻冲进去，把脑袋缩进屋里。除了少数训练有素的，所有的狗都这样，好像被一个杀狗的屠夫追着似的。

重要的是在一起。不多的几次它不跟我们一起，被留在我父母家，或是另外一处豪华处所，那时，我和马蒂尔德就很少会想起来去散步。我们都是爱运动的人，内啡肽充沛，会给自己安排很多活动，但不花钱简单散个步，先迈一只脚，再迈另一只脚，这我们很少会做。乌巴克不在，我们少了看它在户外来回奔跑的好借口。狗的使命就是防止人陷于僵化不动，狗是让人不变成化石的一剂良药。小心，这可是好多老年人的伤心事。终

①　阿尔卑斯山脉著名的登山地点。

有一天，他们的狗死掉了，出门成了伤心、无益而艰难的事。他们失去了活力，失去了抵抗僵直的良药，生命也随之停滞了。

我们和乌巴克一起，沿吉特山脊而行。山道并不宽敞，我们得当心悬崖，但它从不会掉下去。山上视野开阔，景致细腻又雄伟，能俯瞰罗斯兰湖和吉塔兹湖。勃朗峰熠熠发光，土拨鼠们齐声啾鸣。乌巴克成功地用爪子按住了一只冬眠了五个月晕头晕脑的土拨鼠之后，就以为自己能把它们一网打尽。但这个沉睡的漂亮小东西就算被抓住了，也不用害怕，因为它马上会被放掉，抓它的那只伯恩山犬还不知道怎么使用暴力呢！

令我们快乐的不只是环境，还有天时、地利、自在的气氛和我们的活动。乌巴克忙着啃一截木头时显得那么开心，让我也感到开心，但我并不打算模仿它的举动。当我和伙伴们端着默桂雷①葡萄酒开怀大笑，乌巴克也为我们感到高兴。它以它的方式参与我们的聚会，尽管它不会碰杯。我们的欢乐汇聚在一起，但各有各的乐法和节奏。人跟人也是一样，我们分享别人的开心，开心着别人的开心，有时比别人开心得早，有时晚些。但彼时

---

① 法国勃艮第地区默桂雷镇所产的葡萄酒。

彼刻，我们六只脚或八只脚踏在同一块土地上，不同的步调契合在一起，我感到我们沉浸在等量、同步的心满意足中。如此合拍的幸福感，实属罕见。

乌巴克对天气变化不怎么在意，就算雨下得它睁不开眼，风吹得它耳朵乱摇，就算它透过半开的门能嗅到变天的味道。狗是不会为气象变化的意义烦心的：下雨就下雨，没啥可怕的！不管什么天气，要出门就得出，出门高于一切。可我呢，我就得在窗边张望，等着天放晴，根据天气变化的趋势，披挂上这或那。它呢，无论是一月还是十二月，门一开，就不管三七二十一冲出去。得跟户外的世界关系有多铁，才能这么永不变心呢？它那么健壮，让我倍感自己的虚弱。它不惧风雨，我弱不禁风。它是另一种材料做成的，我羡慕它那单纯的生命力和那温和的强悍。我打着伞，显得可怜兮兮，后来我穿最新款的雨衣，还是很快就被打湿了。我又湿又冷，缩着肩膀，祈祷乌巴克赶紧玩累，好回到烧着木柴的火炉旁去。如今，我不再像以前那样，只能待在明信片般湛蓝的天空下了，这只狗教会了我享受外面的世界本来的样子，领会狂风暴雨的性格，欣赏那别样的美感。说到底，世界是什么，取决于我们何所求。如今，假如我必须选择，我会选变化莫测的天空。这就像生活，永远的晴朗或阴沉都会使人厌倦。我们为变化而战栗，而每一种变化都是独特的。

与狗一起散步还能学到其他东西。亚里士多德的一些思想，不也是在漫步时萌芽的吗？

比如，就在家门口的千篇一律的出行，也可以激情满满。当我们第一百零一次走上木屋下面那条铺满落叶的小路，我简直觉得不好意思。我们管那条路叫"三河口"，在没有车的时代，学生们都是走这条路去上学的。乌巴克熟悉每一个拐弯，知道到小溪之前要经过那棵卧倒的山毛榉树，还有桥下法国装备公司的那台废弃机器，以及荆棘丛生的小教堂。去程二十分钟，回程时间翻倍——山里就是这样。气味一成不变，有时碰到鹿，深色蹄子的那头。只有四季更替带来微妙的变化。我当然愿意让它去加瓦尼耶的峡谷和圣米歇尔山的盐沼奔跑，或跨越山河大海，但波澜壮阔对它有什么意义呢？活着，对它已经足够。微不足道的事物就能让它全神贯注于当时当地，它的生活从来不会被一成不变困住，因为根本就不存在一成不变。乌巴克有种天赋，能把任何在任性的我看来让人昏昏欲睡的常规活动当成有趣的经历，全身心投入。重复做过的事让我厌倦，可它满心欢喜。随时随处嗅到细微变化，给日常绘上精彩的颜色，这可是了不起的本事，用这种优雅的方式关注常规，似乎更容易抓住幸福。追求新奇的人可能觉得这样的生活胸无大志，但乌巴克告诉我，这才是最优雅的生活，而拼命逃避平凡，却是最大的平凡。那么，让我们去三河口走走，再走走吧，让我们去赴那无常的约定、共同生活的盛大舞会吧！

比如，每个瞬间都值得为之放慢脚步。我们都烦透了那些个五花八门的人生教练，他们说要享受当下的精华，如果之前没这么做，就要责备自己，想着下一次一定做到，要过一种超越时间的生活，尽管在那种生活里，人们除了时间不讨论别的。这些人为玫瑰唱赞歌，自己却一脸死灰，他们唯一的成就，就是搞得我们最后差不多只爱做跟他们推崇的背道而驰的事。只为当下而活的乌巴克，带给我的是不一样的启迪。在罗什普兰[①]，不要嫌越橘丛中的小路太漫长，要停下脚步，欣赏山下阿尔贝维尔山谷的美景；也不要老是回头张望来路，或盯着明天要去的米朗坦山。要在彼时彼地，在那条曲折小道上，与那三块石头、那一朵云在一起。那几秒钟的时间，值得让我们混乱的生活停顿片刻。如果我们能品味每一分钟，生命似乎就得到了延伸。通常，人们只有嗅到死

---

① 阿尔卑斯山法国一侧的著名风景区。

亡的气息时，才学会关注当下。而受一只气喘吁吁的狗的启发，当下的力量凯歌高奏，生活很容易就变得明媚起来。

比如，不确定是生活的调味剂之一。乌巴克知道，如果我穿上那双灰色帆布鞋，我们一起出门的概率就会急速增加。如果我拿起那只绿色的包，它就又躺下了，还有点闷闷不乐。当没有明显信号的时候，我也不知道它是根据什么判断的，眼神、态度还是我觉察不到的什么？但它根据我拿车钥匙的方式，把手放到门把手上的姿势，就知道带不带它。但它的预感到此为止，如果我带它出门，去哪里？村里还是老远的外地，去维拉尔还是班波尔，一个小时还是十天？这些都不重要，它毫不犹豫，满心欢喜，狗才不为揣测未来操心。还有谁能做到这样？我周围有多少人想知道一切，为此不惜失去自由。十三天之后他们会在哪儿，会看到什么样的风景，别人给提拉米苏或床品打了几分，某项计划会发生什么可恶的状况？简言之，什么事都别出才好。乌巴克才不会浪费一秒钟去试图降低不确定性，它既没那个本领，我相信也没那个愿望。它从不期待任何事情，奇妙的是，这反而给它带来了很多。这就像坐在火车里，座位背向车行的方向，我们没有被驯服，没有被动地跟随，但绝美的风景接连不断，从不让我们失望。假如因为某种缺陷，我的人类身份阻止我全身心投入一种轨迹完全未知、每分钟都有新发现的生活，我宁愿认同乌巴克不经意间传授给我的关于冒险的定义，那就是接受不可知的丰富性并且不去探求结果。

还有，它无所期待，无所畏惧。无论去哪里，无论做什么，摘风信子还是跳过小沟，乌巴克的回答都是一样：好。它永远赞同，向前冲，永远跟随。它对我的信任是自发的、绝对的、永不枯竭的。当然了，像胜选的总统在周日投票结束时说的那样，这种信任对我而言是荣耀，也是责任，我认为值得赞叹，特别是它并不源于神智、清醒力或大脑皮层的缺陷，也不是出于天真，或是对自我的放弃。它看似盲目，其实却来自最锐利的审视。不，这绝对是额外的东西，清醒的，深思熟虑之后给予的东西。这种宽厚，作为人类一员的我，从未在人类身上见过哪怕一丝一毫。尽管我近水楼台地沐浴在这种信任的光辉里，我自身是没有这种信任的。这只狗的心包外面一定多了一层物质，叫大胆，它心脏的这种异常惠及了我。当你信任一个如此信任你的生命，当一个如此值得珍视的生命珍视你，你会欣喜地捡拾到一些宝贵的证据，足以让你觉得自己也是有价值的。有朝一日，当这颗勇敢的心脏决定停止跳动，我不知道到哪里再去找一具血肉之躯，能再给我百分之一的赞美，千分之一的热忱。我相信，那一定需要第二个奇迹才行。

　　散步的时候，如果没有别人，我就跟乌巴克说话，说很多话。

　　我说我的伤心事，如何疗伤，能妥协的程度，对自由的全然渴望，以及自由带来的眩晕。说那些蠢货以及出色的人，说我不确定自己是不是在正确的位置。我还问它怎么样，好不好。什么事我都不会太憋在心里。乌巴克了解我的一切，我生活的全部，我都不知道它是怎么做到的，比我自己还知道我好不好。这样的聊天，对方不会回答，或者很少回答，你一直说下去，直到袒露自己的灵魂。就这样平淡无奇地走着，一步又一步，走过树根，走过三叶草，散步最终产生了疗愈的效果。如果就这样谈论自己，既不卖弄做作，也不自我膨胀，那么这种沉淀是有益的。确实，在这些漫游之地，周遭一片宁静，一切都提醒我们不必在言辞中美化自己，没有任何阻碍，人们尽情倾诉，说出自己是谁的感觉真好啊。然后，它喉咙中仿佛发出一声咕噜，或沉重地叹了口气，似乎在说："那我们这次就到此为止。"

　　这些自由自在、在大自然中度过的静谧时光，居然一直是免费的，这让我吃惊，也有些混杂着担心的愉快。总有一天，被比特币统治的世界会发现，原来最昂贵的东西在我们这里。我们在水边漫步，如果有必要的话，在雨中徜徉，摆脱了日间的烦心事。白天受到的那些指责和抱怨，像水滴从光滑的皮肤滑落。我们俩在一起，越发能抵抗外界的侵扰。在赤裸灵魂的时刻，没有比这样的陪伴更舒适的外衣了，而我始终没能破解其中的奥妙。另一个的在场，使我越发品尝到彼时彼刻的孤寂味道。后来我发现，这孤寂是可以分享的。除了走路，没什么能做的，脑子里只想着下一步就好。生活还在那里，近在咫尺，但我们可以把那些烦心事分个类：好奇的邻居、政府的公文或者雪地轮胎的费用。我祝愿所有人都能遇到这种逍遥之地。我们再一次抓住了飞逝的时光，脑子里的念头默默转动调整，生活扔给我们的那些烦心的问题也似乎有了点眉目。更奇妙的是，游野归来，方才的感受仍在回响，生活似乎也变得轻松了一些。假如没有这只狗的陪伴，我独自一人漫步，也会有这样的效果吗？那我得去试验一下才知道。

走了几百米后，考虑到乌巴克也有沉思内省的权利，出于对它的尊重，我不再说话了。啊，另一种愉快的感受开始了，那就是沉默的相伴。还有什么比沉默更能联结灵魂呢？人类不太喜欢沉默，我们无视它的益处，不懂得如何使用它。沉默的味道太像结束了，为了掩饰这

一点，我们就东拉西扯。这有时候也挺愉快，不过就像
所有费力维持的行为一样，时间久了，就让人疲惫。没
有比狗更可贵的沉默伴侣了。你要是什么也不说，狗狗
不会为此怪你，不会无聊也不会尴尬，更不会以为你俩
关系疏远了。心安理得地在一起什么都不说，这真是独
一无二的甜美感受。未来某个疯狂科学家找到窍门让狗
狗开口说话的那一天，我和乌巴克已经不在这个世界了，
那可真是万幸，因为那时的世界，沉默的思想一定不再
有立足之地。此时，在马科湖的低语中，在金头公园的
喧嚣里，我们似乎被包裹在一个温柔、浓厚、细腻的气
泡里，坠入梦幻之乡。我们半梦半醒着，思维有些涣散，
进入了一种移动冥想状态，虽然没有香薰，也无须付费。
后来，乌巴克追着一只黑鸦叫起来，气泡瞬间破灭了。

往回走或者走完一圈之前，我们会歇个脚。有时候
歇得比较久，乌巴克一点儿也不会因为无所事事难堪。
我们坐下来，肩并肩，虽然我确定它根本不在乎什么景
致，我们还是一起凝视着地平线，尽管在山里不那么容
易看得见。我喂它喝水，它着急之下喷了我一身。它舔
着我的脸，我说"呸"，但其实很喜欢。无论日出日落，
帕斯蒂尔山都是绝美的风景，远远望去，太阳与剪纸般
的山脊齐平，看上去像是静止的，其实却从光晕里飞逝

而过，瞬间升起或消失，提醒着我们，生命也是如此。我对它说"看，多美啊"，却想起来，小时候最讨厌大人把他们的审美强加于我，哪怕是地平线。于是我又沉默了。不过，我仍然觉得，谈论美的力量，永远都不会不合时宜。

彻底闭嘴之前，我转身对乌巴克说，它是我的水平仪。我喜欢这么叫它，我的水平仪。造作和幻觉导致的不平衡，往往不会立刻发觉，又很难纠正。从它的眼神里，我能看出自己是平衡还是歪斜。有这么一面永远不会出错的镜子，真是难得的参照。这个富有力量的时刻有着世俗的灵性，是对世俗世界最清晰的定义。这一切无关宗教，却属于精神和神性层面。乌巴克彬彬有礼地等了一会儿，摆出一副一切了然的神气，又转身去忙着研究云杉树和有计划有步骤地撒尿圈地去了。我问它为什么不一次尿净，也不用整天忙着一会儿撒一点，可它似乎更愿意少尿多次。（后来，当我像所有老孩子一样去看泌尿科医生，检查我的前列腺特异性抗原水平时，突然被问到"撒尿怎么样"的时候，我才决定，再也不为这事去找乌巴克的碴儿了，或许我还有点嫉妒它括约肌的力量呢。）

有时候它黏着我，把大脑袋放在我肩膀上。男孩们之间难得有这样的举动，算是用我们的方式对恐同者表示鄙视吧！有时候它的亲热是有目的的，它闻到我的口袋里剩的一块三明治的味道了。接下来，我们就第一千次玩起了转眼珠的戏码。我俩并排坐着，我抓住那块宝贝，开始啃起来，我直视前方，但我知道它在旁边盯着我，于是我停止咀嚼，用眼角的余光看它一眼，它立刻转过头去，好像什么事都没发生，假装望天，而我一旦把面包举到嘴边，它就又斜着眼打量着我。我们一遍遍玩着这个游戏，我像个喜剧演员。我给它一块酸黄瓜，它吐了；给它一小块面包，它接受了；给它一块奶酪，它欢天喜地。这坏东西，它很会用圆圆的眼睛迷惑我，每次都搞得我心软，把一半美味都给了它。但它会假装不确定自己能赢，这又给游戏增添了乐趣。

16

六月的一个晚上，乌巴克不肯在屋里睡觉。

它可从来没这样过。通常，它窝在门厅里睡觉，是个绝佳的哨兵。这天晚上，它怎么也不肯进屋而是趴在露台那头，离墙很远，离栗子树也老远，离人也远远的。我怎么叫它都无动于衷，我以为它嫌屋里太热。夜里，大地抖动着，震醒了我和马蒂尔德。我往外一看，乌巴克安详地睡着呢。早上起来，报纸的大标题写着"里氏二点六级"，震级不高，但在屋里感觉已经够严重了。这条狗太了解我们的泥瓦活水平了。它用这种方式提醒我们，房子没那么牢靠。三年之后，乌巴克在门厅里又睡了几百个夜晚后，再次上演同样的戏码。马蒂尔德说："伙计们，小心，今天夜里要地震了！"第二天，报纸上报了三级地震，说有几座百年老屋都塌了。这只娇生惯养的狗，原来也跟亚拉公园①里的大象一样，会躲避海啸

---

① 斯里兰卡著名的野生动物园。

吗？谁教给它的呢？

尽管我认同自然高于人类，认为自然奇迹不受方程式和被进步毁掉的人类的局限，却不信任这种老生常谈的懒惰叙事。当乌巴克脾脏破裂的时候，我无比庆幸城里的工程师们发明了移动电话还有超声检查。可恶的化学止住了乌巴克的血，否则，去跟树交谈能有什么用呢？然而，在这些树林之间，乌巴克还是抓住了我所抓不住的东西。每次看到它趴在电视机前，我都几乎忘了它是动物，与大自然紧密相连。这点它无须学习，也不会忘记。它是自然的一部分，它就是自然。像熊和鼬一样，它永远不会去吃鹅膏菌。而我们这些上网过度的人，在隔离不断发生的历史长河中，已经失去了最重要的联结。每次散步都让我越发确信，不久的将来，我们唯一能听到的鸟鸣，将是手机屏幕上信息的提示音。

这只狗让我重新学会了理解身边活生生的世界，倾听它的音乐、它的广度、它的呼吸，测量它的状态，破解它的密码。我是哪天发现的呢？生活告诉我，了解某处风景最真实的办法，就是用身体去感受，一年四季，天长日久，满怀谦卑。而乌巴克又告诉我，还得把自己变成风景的一部分，与它融为一体，不怕被它穿透。

没有任何预兆，乌巴克突然停下不走了。我不明白为什么。它有预感，有嗅觉，仿佛还使用了一只友善的、无声的诱鸟笛，把所有看不见的信息都聚到一起。它刚停下脚步没几秒，一只秃鹫破空而来，一群野蜂突然四散飞舞，或者大风瞬间吹起，周围顿时喧闹起来。后知后觉的我，免不了目瞪口呆。一天早上，我们去短途散步，乌巴克绕过平时的路线，非要引我走另一条路。它把我带到一棵茂密的橡树下，周围全是高高的草丛，看起来平淡无奇。它在离一块洼地两米处停下脚步，对我使了个眼神。那里有只刚出生的小鹿，浑身颤抖，以我这个人类的眼光看来，状态有点危险。我给林业局的朋友乔治打了电话，他过来看了一下，说一切正常，我不用管它，尤其不能碰它，它母亲这会儿忙着伪装，好骗过猛兽，晚上就会来找它。后来确实如此。没有乌巴克那比第六感还灵验的预感，这次散步也就跟前一天、后一天没任何区别，我会对周围发生的异常一无所知，蒙头蒙脑地就回家了。

　　一开始，我没觉得乌巴克真的知道或是感觉到了什么，以为它的发现都是偶然，是开盲盒中奖了。但这种事发生的次数太多了。迟钝的我像一头跑进城里的野鹿，在这种地方手足无措，于是我开始等它给我信号。如果它的行为有变化，比如停下通常的举动，我就会躲起来观察周围，望见远处跑出来一只山羊，或是其他我平素注意不到的神奇景象。这种不寻常无比美妙。此时此地，该害怕的是谁呢？如今，我已经能做到与乌巴克同时、在同一个方向发现异况了。这种无上的奖励，使我越发渴望能重新在野外变得灵巧敏捷。祖先们曾经拥有这种能力，而我们在心不在焉、东张西望的生活里，渐渐失去了这一切。

有乌巴克之前，我每次去山里或林中的时候，都以为自己是孤独的，因为一个人也看不到。回来后，我到处炫耀这种孤独。一个人的世界！事实上，乌巴克让我懂得了，成千上万的生灵瞥见过我，它们打量我，允许我借道路过。我身处其中的世界，居住着各色各样的居民，有的身披羽毛，有的满身绒毛，有的只有绿色的枝干和叶子，它们之间上演着五花八门的戏码，有外交、争斗、勾引、重逢、议事，有授课、仪轨、守卫，有恐惧和欢乐，出生与屠戮，结束与开始。我曾经对这个无声的世界漠不关心，乌巴克教给我一些窍门，使我从无知到学会观察，直到看见。它帮助我解读这些故事，它懂得这门语言，指点我如何着手，让这个被我视为背景的世界变得鲜活起来。只要静止不动，隐去自我，唤醒感官，让自己去吸收一切。这件事如此简单，简单到我们已经不会做了。

在维尼山谷①的落叶松林里（尽管它一句意大利语都不会），在波什山②的岩石间，乌巴克触摸着世界。它倾听，打量，探索，爬上爬下，有时会把自己划伤。它又抓又挠，鼻子到处嗅着，全方位地感知着实体世界，那些喧嚷纷杂，那些曲折蜿蜒。它进入了这一切，而我们人类，随着一步步做出的选择，把视觉推到了高于其他感官的位置，结果反而导致了退化。我们的鼻子变得小而精巧，还总爱遮起来。我们战战兢兢地触摸那些有益健康的尘土，手也变得娇气起来，要赶快洗。我们习惯了巴氏消毒液的味道，陶醉于人群的喧嚣，却再也听不到大自然的低语。我们把睫毛弄得闪闪发亮，把眼睛弄得漂漂亮亮，这样做虽然美化了脸蛋，却拉开了我们与世界的距离，因为视觉有个弱点，它容忍距离，维持距离。

乌巴克告诉我，让自己淹没在世界里，这是一种更美妙的体验。它沾满泥土的鼻子、结痂的耳朵、肋骨的颤抖对它讲述着神秘、恐惧、死亡和巫婆的圆环③。而我只能闻到花是香的，粪是臭的，只分辨得出寂静和喧闹，只能看见有形的事物。我很想有它感知细微之物的能力，

---

① 阿尔卑斯山脉意大利一侧的谷地。
② 阿尔卑斯山脉法国一侧。
③ 指林间或草地上长成一圈的菌类。

希望我这个人类对它的爱和给它的协助，不至于使它失去它原有的任何能力和知识。

这些漫步的经历使我谦卑，提醒我自己在这个世界上真正的位置——众生之一而已。这已经足够荣耀了。我回归了大地、天空和羞怯的树木，我的生活多了野性，头发变脏了，皮肤添了伤痕，长裤上全是破洞。有教养的时髦人士说了，"我们可不是野蛮人"。他们又懂什么呢？

里昂皮雄街二十九号四层，住着马蒂尔德的母亲杜娜。乌巴克很喜欢来这里，我们几乎可以为所欲为，划坏木地板，把面粉撒一身，或者大嚼八字撒盐薄饼。它表示需要透透气的时候，我们就搭乘电梯，按下左下角的零，我把它眼看要被门夹住的大尾巴拉进来。走过人造大理石地面的门厅，就到了楼下的费朗德尔公园。那里能听到汽车喇叭声，种着树冠茂盛的悬铃木、修短了的鸽子树和稀疏的草皮，还有一块铺了木屑的长方形区域，供狗狗们方便，但它们从来不去。围墙里的这处自然景观看着很小，还是用边角料造的，似乎没什么意思，简直该用嘲笑的口吻说一句："人造的啊，走吧！"面对贪婪的水泥世界，面对人类的喧嚣和冷漠，这小小的公园其实跟茂密的丛林或原始森林同样倔强，把自然分成等级，扯什么"全自然"之类的，真是蠢话啊！在公园

里，我们由着乌巴克把黑乎乎的小鼻子贴在地上，探究
成百万种气味。以前，我会趁这工夫打几个电话，或从
杜娜家抓本杂志带下来，坐在长椅上翻几页，时不时抬
头看看乌巴克跑远了没有。我心不在焉。其实，只需闭
上嘴，沉静下来，调整眼神，关注那些细小的事物，然
后，等待。也可以走走，步子缓慢，这一片天地的秘密
会随之打开。这时，就会注意到蜘蛛在布局，飞蝇落入
陷阱，迷恋城市的蜂群在舞蹈，田鼠飞快地跑过，蚂蚁
们排成队形，毛毛虫慢吞吞地前进，雄雀在调情，刺猬
摆出优雅的姿态，落叶在风中打转，还有其他微妙的景
致。如果步履匆忙，心灵麻木，就根本不可能发现这些。
这世界处处生机盎然，只要愿意看见。自以为孤独的人
是盲目的。这种全神贯注的艺术，是乌巴克教给我的。
它走到哪里都认真地研究环境，无论是打卡圣地，还是
偶尔走过的小广场。在它的脑海里，自然没有高低贵贱，
自然丰富多彩，千变万化，值得停下脚步，与之对话。
除了人类，谁都不会觉得自己有权给自然排名。对从小
被灌输什么"必看景点前百名"的我来说，美景随处可
见，这真是个重大发现。

我曾经冒着风暴和眩晕，挑战难以征服的土地，我
讲过很多关于大自然的故事，白诩是自然之子。乌巴克
纠正了我的想法。与自然建立亲密关系，并非一定要挑

战悬崖或扬帆远航，即使在乔拉斯峰[1]或合恩角这样的地方，也有凡俗世界，也有细小微妙的事物。这是何等幸事。要想打开这些天地的大门，唯一的敲门砖，是注意力。无论是尊贵的雪绒花还是朴素的雏菊，无论是巴塔哥尼亚的风信子还是费朗德尔公园的牧草，都值得留心观察。这个道理我本来就该明白。我爷爷鲁鲁，一辈子都没走出他那巴掌大小的菜园子，但讲起大自然来惟妙惟肖，可与走南闯北的冯·洪堡[2]媲美。我倾听着，向身边的世界请教一切，正如孩提时代与波浪交谈。乌巴克开阔了我的视野。这无关神启，而是要有开放的心灵。有人会说这是启蒙，甚至是离经叛道。我是宁愿如此，也不要全知全能的幻觉，或是摧毁一切的冷漠。

乌巴克并没有居高临下地教训我，而是轻声细语地告诉我说，感受自然的第一步，是准确地讲述它。而我的讲述方式是不恰当的。我要么把自然看得很遥远，让人心怀幻想，心生畏惧，我们都知道人在害怕时会做出什么举动，他会颤颤巍巍不敢前进；我要么只用自然满足自恋，把它当作自拍的背景、游戏的场所、疗伤的地方，总之是一种为我所用、为我所有的资源。是时候正

---

[1] 阿尔卑斯山脉山峰。
[2] 冯·洪堡（1769—1859），德国自然科学家和探险家，近代地理学奠基人。

本清源了。

能够懂得这些道理，也是我珍视野外散步的原因。自然就在周围，悄无声息地把我们淹没，乌巴克带着我，从一个岛屿到另一个岛屿，在自然的海洋中漫游。它牵着我的手，教我学会吸收周围的一切，提醒我遵守最重要的那条优雅守则：对大自然要有礼貌。原来这只拉丁犬身上确有我没注意到的德国血统，它就像浪漫的弗里德里希，教给我如何与自然因素紧密连接。在里昂拥挤的街道上，我用绳子牵着乌巴克，它跟着我一步一趋，这样也许让它感到安心。而在帕罗赞山里的岩石旁，我躺在它身边，这给我启迪，使我强大。我们的相伴越来越平衡，这也符合我对我们关系的期许。生活原来如此简单，只要我们在一起，在户外，保持专注，这就可以了。没有比这更令人期待的生活了。

乌巴克在我们两个睡袋之间睡着了。

夜里，满天星斗，它大声吼起来。我们告诉它，一切正常，然后就继续睡了。

第二天早上，在离我们营地一百五十米处，普雷塞特营地①的女看守指给我们看一些椭圆形的痕迹和一条长

---

① 阿尔卑斯山里的露营地。

长的足迹，是狼。

　　身边有狗，让我们一次次重返童话世界。让我们就这样在魔幻森林里行走，永不回头。总有一天，乌巴克会带我们去见精灵。

17

有些事情就像约卡里球①，咱们心里都清楚，越是用力击球，希望它会飞得老远永远回不来，越是不可能摆脱掉它。

人对爱犬的投射就是这样。我和马蒂尔德尽量把乌巴克当成一条狗来对待，这是对它最起码的尊重。可是，拟人化这种人类摆脱不了的自负心理一次次反复出现。与它相处久了，我逐渐确信，我们的灵魂开始相互呼应，甚至变得相似。所谓关系，不就是朝他人走出一步吗？除了在学校的课本里，没有人愿意活得像展翅飞翔的孤鹰，也没有人自诩为独狼。没完没了地沉浸在诗意里，就会被当作疯子。我承认，我确实在不由自主地揣摩它，想象它的内心世界，把它与我的内心世界联系起来。我用狗的方式思考，同时想让它像人一样思考。这种做法是具有传染性的，马蒂尔德也受了影响。

---

① 一种击球游戏，橡胶球用长松紧带固定，击球后球会自动回来。

其实这又何尝不可呢？是谁某年某日，站在他那虫蛀的讲台上，宣布说动物与人类相去甚远，动物缺这个少那个，不懂情感，没有激情，没有人类特有的别的敏感，说什么任何接近动物的做法都是愚蠢的？人啊，我的老天！拿自己当标杆，自认为最伟大，这游戏规则可有失公允。

毕巴尔医生和他的同行们还宣称，狗没有任何时间概念，所以不会被孤独、无聊、不安全感之类的情感折磨。一个小时与一分钟没有区别。不如请他们来我家，如果早上我们出门，把乌巴克自己留在木屋，他们就会发现，乌巴克无精打采，毫无活力。它可能也有做戏的成分，不过，除非亲身体验过，谁能把绝望表演得这么惟妙惟肖呢？他们还会发现，晚上我们回来时，它一蹦老高，高兴地翻跟头，好似重新活过来一样。当晚它睡得像根木桩，跟我们在一起，它心满意足。

就算真像他们说的那样，乌巴克不了解什么是时间，它至少是有空间概念的。它对木屋的结构了如指掌，如果在房间里找不到我们，它会沿着上面的阳台，也就是每天被日出照亮的那个，跑到阁楼上去。旧苹果酒桶被它的脚步震得发抖，它从木栅栏往里张望，没有人，于是它又跑下去。经过水槽和下面的阳台，那里大风呼啸如惊涛巨浪。最后它会跑到小农舍那里，去看我们是不是在砍木头或者捡榛子。它一无所获，只好原路返回，再次从玻璃门往里张望了一下。万一呢？然后又跑去地窖，整个八月那里都开着，里面很凉爽。最终没找到我们在哪儿，它会把刚才的过程重复两到三遍，最后无可奈何地跑到雕花的屋梁下，向远方张望。一个人也看不见，它明白自己是落单了，这时便用鼻子嗅来嗅去，指望闻出点什么来。然后，它回到屋门口，在石板屋檐下卧倒，发出一声泄气的长叹，声震整个山谷。每当远处传来汽车发动机引擎声，它就跑到房子能看到米朗坦山的那个角上，然后又垂头丧气地回来。别告诉我，这是开心或者无所谓的表现。谁了解狗的内心世界呢？

二十年后，房前屋后将布满摄像头，外面里面都有。宠物们稍微一动，焦虑的主人们就会在手机上收到"嘀"的一声警告，他们赶紧看看屏幕。这是他们最爱干的事，一切尽在掌握。像每次一样，图像扼杀了想象。等待时的想象是迷人的，但也不总是如此。夜里三点钟，我们出发去莱克斯冰川滑雪，把乌巴克留在木屋外面，让它继续睡，直到天亮。有些人说，我们出发时应该有个例行告别，比如一句话，一个举动。还有人说，这样只不过强化了分离的焦虑。到底谁说得对呢？"你看家，我们会回来的"，这就是我们唯一能说的话。不过，无须这句废话，它已经懂了，再说它早就自己跑到屋角去蜷着了。它成功地让我俩进入了全世界十大狠心人名单。

在外面的整个白天，如果我们高兴，我们可以想象，狍子会来拜访它，让它开心，或者它会去撩邻家的短毛狗，跟它说些甜言蜜语。但我们最担心的还是它的孤单，它也许度日如年。乌巴克没书可读，也不会盘珠子，更没什么计划可以思考。梦想呢，但愿它有吧！能确定的是，它在四处晃荡，等待，无所事事，同时又警觉又害怕，在期待中煎熬。如果确信它的内心世界空空如也，那也就罢了。但我们知道，它的心也是由成百上千个部分组成，每个部分都回荡着孤独的声响。万一我们遭遇雪崩死了，今天晚上谁去给它喂食呢？每天晚上七点左右，都得给它准备满满两大盘吃的，再来一大碗清水。

我们回家的时候，它正等在那个固定的屋角。看见我们，它飞奔过来，把鼻子挤进刚打开一半的车门里，哼哼唧唧地诉说着自己的恐惧。我们离开的时间越长，它哼唧的声音越大，调子越奇怪。匮乏和幸福一样，都是可以衡量的。它从车这边转到那边，搞得我们差点下不来车，它跳到我们身上，又抓又挠又拥抱，开心得直跳。狗是不懂得怨恨的，从来不会摆出一副臭脸让我们猜原因，不像人那样，但凡别人怠慢一点，就要玩儿这种病态把戏。我们尽量让这些别后重逢显得平淡些，想着这样能让下次的分离不那么痛苦。但没什么效果，我们每回都免不了滚到地上，互相说着爱你。那时，这是唯一适合的仪式。然后，我们沉沉睡去，心满意足得像醉了一样。

我们从此不出门是行不通的，没有任何一种爱能要求谁为之禁足。那怎么办呢？遇到这种可恨的状况时，数学就派上用场了：与一比起来，二就没那么孤单了。

为什么不多养几条狗呢？相同的物种，相通的语言，还有什么样的陪伴比这更能应对孤独呢？雨燕啦，野兔啦，这些偶遇的生灵是不够的。再养一条狗，这不是最简单不过的办法吗？我们已经想到了，但真着手办起来就没那么简单了。我们自己先得拿定主意，不能随便动摇，可我和马蒂尔德都特别容易被那些看似高明的说法说服。乌巴克的孤独毕竟是我们幻想的，一定会遭别人耻笑，我们作为始作俑者的内疚感也同样。但我又想起了在锡盖特①和迈泰奥拉②见到的成群结队的流浪狗。它们那么优雅，也许因为狗多势众，显得十分从容。还有那些万物有灵论，我们也难免受影响。万一乌巴克不能长生不死，万一它死了，它的灵魂还能待在跟它同窝睡

① 罗马尼亚城市。
② 希腊修道院。

觉的另一条狗的身体里，继续留在我们身边。它生命的足迹就能延续下去，使我们得到安慰。为什么不呢？

第一条狗来自葛莱泽①，算是我们对人口锐减线②情有独钟吧。那是只小个头的拉布拉多犬，象牙色，样子有点像亦可。广告登在 69 省的报纸上，卖家是吉卜赛人。高贵的血统决定了它热爱旅行，离博若莱葡萄酒产区不远，说明它容易沉醉。小狗不像乌巴克那么娇生惯养，但也有足够的爱，使它不愿离开家，不愿离开母亲。骨肉分离总是难以接受的。它的出生日期相当模糊，兽医的印章更是看不清楚。像所有这类含糊不清的买卖一样，我们用现金支付。三百欧，乌巴克身价的三分之一。

我们拐走了小狗，回到家，独自在家的乌巴克按它的老习惯，径直跑到驾驶员一侧，因为这边没人的可能性很小。它两只前爪搭在车窗边缘上，刚准备问候我们，眼睛和鼻子立刻注意到了旁边座位上浅色的小东西，于是它马上把马蒂尔德抛到了一边。它一个弹跳，跃到车的另一侧，绕着车跑来跑去，险些被车轮压到。它挨个抓挠着每扇车门，每扇门上都留下了好几道抓痕。它下

---

① 里昂附近城镇。
② 原文为 Diagonale du vide，是法国地理学家康拉德·马尔德博士提出的概念，指法国东北部地区相对较为贫瘠和人口稀少的地带。作者在前文提到过，乌巴克也是来自这类地区。

半身都不着地了，简直像只科西嘉山羊，不爱茂密的草丛，而喜欢矮树。乌巴克当时就明白了，一个日久天长的故事正在开始，而新来的小狗还浑然不知。睡眼惺忪的白色小东西发现，自己在人类的世界里将不会孤单。我们刚刚把车窗摇下，它们俩就互相嗅了起来。第一次经历这种场面，内心的平衡是很微妙的，首先要充分地感受这一刻，然后，在紧接着的下一刻，但最好是同时，努力抽身离开，站在边上热切关注，或用另外的方法把这一刻深藏在记忆里。多层次的觉知对我们是有帮助的。

我们叫它山友。名字里有山，还有守望相护。别人管他们的狗叫林格、保尔、约翰什么的，我们觉得有点蠢，但也不是不可以，不能说登山就比别的事情更有意义。山友的体重轻如鸿毛，一身浅色的毛，除了耳朵那里。它身形纤细，爪子水晶一样透明，脑袋是椭圆的，睫毛漂亮得像个美国女演员。它如此优雅漂亮，完全不像它出生的那个乱糟糟的地方。它高兴的时候——基本上它总是高高兴兴——身子拼命地摇着，让人担心它要把自己折断，毛发浓密的小尾巴摆得像个拨浪鼓。它爱玩自己的尾巴，用嘴巴咬住，自己打起转来，上下翻飞。乌巴克没去闻它的屁股，而是到处跟着它，但来来回回很快就被弄晕了，于是坐在一块突出的石头上，一览无余地看着山友疯跑。山友先是不知疲倦地跑来跑去，然后突然停了下来，蜷缩着，接着又立起来，张望着找乌巴克，活像一只小沼狸。等它回来缠着乌巴克的时候，乌巴克还假装不乐意。它俩之间这就有好戏看了。一条狗的日子像照片，两条狗可就是电影了。我们再养条狗解闷的目的达到了。当天晚上，我和马蒂尔德出门庆祝，带着大狗和它的小跟班，顺便让小家伙见见世面。我们看到第一间酒吧就坐下了。跟所有的酒吧一样，那里有个柜台，几张桌子，放着让人记不住的音乐。有人醉了，有人还清醒。因为带着狗，我们选择了露天座。刚坐下，就不知从哪儿冒出来一只大胆的狗，想跟山友认识，凑到它那纯洁的小屁股跟前。这时，像所有保镖一样低调却警觉地守在旁边的乌巴克，立刻从假寐中惊醒，连警告都没有，直接把那条狗撞出老远。这下，其他动物都知道了，谁想接近那只象牙色的小公主，都得付出沉痛的代价。过了几天，山友正在露台上安静地睡着，乌巴克表现得焦躁不安，它很少这样。有几分钟了，只有它注意到屋子上空盘旋的那只鹰。从空中俯瞰，瘦小的山友是一只安静的白白的猎物。乌巴克先是低声咕哝，后来大叫起来，是那种含义明确的叫声。我们赶紧出来。就在向下俯冲的那一刻，老鹰赫然发现面对着一只三色毛的守卫和两个傻乎乎的人类。小母狗差一点就被叼走了。生命一开始，就得到了乌巴克的庇护，这该多幸福啊！

　　乌巴克教给山友一些基本的生活常识，就像楚米当年为它做过的一样。生活不就是一连串的传承吗？它记住了一些知识，比如提前十五分钟预告用餐的准确时间，怎么抛媚眼达到目的。山友则给乌巴克示范如何毫不畏惧地在激流中游泳。在水里玩耍时，乌巴克忧心忡忡，摇摇晃晃地在石头之间跳来跳去，冲山友吼叫，想让它停下，但它也就听话一分钟。山友对乌巴克可以为所欲为，咬乌巴克脖子，把烂土豆怼到乌巴克鼻子上，把自己的鼻子伸到乌巴克的食盆里，躺在乌巴克肋骨上呼呼大睡，乌巴克连吭都不吭一声。它偶尔越界了，乌巴克会绷着嘴，发出低吼，这时，它会后悔地缩成一团。一个害怕，一个发飙，表现得淋漓尽致。山友进入了我们的生活，乌巴克没有嫉妒，而是选择了分享，从而得到了加倍的柔情回报。这是值得我们记住的一课。在草地上，一只黑狗和一只耳朵竖得像潜望镜似的小白狗开心地嬉闹。本来有数十亿只狗可以选择的命运，结果是它和它，好像是注定的，并无其他可能。

　　是我们眼拙吗？乌巴克的地位似乎变了，像个父亲了。山友还是那么瘦，肋骨根根分明，弄得我们老要跟人解释，它真的能吃饱。它不是第二个乌巴克，而是个独立的生灵，会模仿乌巴克，补充它，也会跟它保持距离。有很长一段时间，它是乌巴克的女儿，然后变成妹妹，但永远不会是情人。狗似乎也懂得体面与否。两条狗有个百试不爽的办法，可以变成一模一样：找一汪脏水，给自己滚上一身烂泥。两只同样棕色的狗，心满意足，身上脏水滴答，它们对自己居然被拒之门外大吃一惊，面面相觑，仿佛在理论，这个好主意是谁出的。在家里，生活变得加倍喧闹，沉稳的乌巴克受了小母狗活力的感染，变得活泼起来。山友打定主意，不放过每一只蜥蜴，不放过生活的每一秒。对于无聊，它似乎有无穷无尽的抵抗力。它们在一起的样子美极了，一团团黑色和白色的狗毛混在一起，像欢乐的马戏团，永远没有灰暗和沮丧。

所有这一切本该纠正我们把狗拟人化的倾向，可我们还是一次次落入俗套。我们赋予动物人类的情感，甚至设想乌巴克有着对我们来说难以想象的情怀：为人父母。我们可真够现代！山友是乌巴克领养的女儿，出身贫贱，乌巴克是我们的骨肉，两条狗是单亲家庭，只有父亲。祖父母还挺年轻，文身，一半时间都住在货车里。这想法让我们很喜欢，本来我们两口子之间最缺的就是居间缓冲的角色。而乌巴克和山友，它们是谁也不会反对的。

　　乌巴克与邻村的一只母狗风流过。阿莱什①的朋友米歇尔请我们去他的牧场骑牛玩，我们带着乌巴克同去。它对牛群无动于衷，它的牧羊犬祖先幸亏没看到它这个样子。但它成功地勾引了那只叫蒂杜娜的边牧犬，让它放下自己的羊倌工作，跟它来了一场又深情又短暂的亲密。几个月后，我们听说，蒂杜娜生下了一窝漂亮的混血小狗，都送给了周围的农夫。后来我们每次在那一带见到三种毛色的狗，都对它们产生了祖父母的情感。米歇尔常常抱怨博福坦地区人口越来越少，乌巴克可是满怀热忱地在阻止人口流失呢！

　　所以我们得找只感兴趣的母狗，得跟乌巴克一样是伯恩山犬。这次我们可是知道同种通婚的好处了。这事并不好办，狗狗们没有茶水间偶遇，没有舞蹈俱乐部，也没有爱做媒的伙伴，婚介渠道并不多。平日里，最多也就是散步时偶遇一下，比如晚上快六点时，在池塘边，有辆黄色的雷诺汽车总是停在同一个位置。车上下来一条母狗，我们碰到一回，又碰到一回，最后终于开口打招呼，交换名字。两条狗互相嗅着，我们互相寒暄，但这点接触不足以考虑结亲家。还是得实际点，求助于小广告。再说了，人类不也会刻意制造恋爱机会吗？

---

① 阿尔卑斯山法国一侧的度假地。

"急！漂亮七岁成年公狗寻母伯恩山犬交配。"我们琢磨了好半天，结尾是不是该用"繁殖"，最后还是觉得这样说更好。这句话，配上一张乌巴克雄赳赳地站在山顶的照片，简明扼要，同时暗示，那几下以生育为目的的摩擦之后，这段关系不会更进一步。我们走到哪儿就把广告贴到哪儿。挨着那些寻狗启事，我们用黑体写下电话号码，就跟城里红绿灯柱子上常见的那样。

我们没等多久。看来我们是低估了市场需求。第一次会面就在我们的木屋，亲家坚持要过来。一个脑袋秃得发亮、下巴很尖的男人，从很远的地方带着他的母狗来了。那一刻进行得相当冷冰冰，我们有点措手不及。有点无耻，有点包办婚姻的落后感。那男人的手很大，有一股下流味道。我和马蒂尔德很尴尬，幸亏两条狗表现得很活泼，让我们能继续下去。它们的新婚之舞很简单，姑娘在前，乌巴克在后，如影随形。接着，乌巴克上了它的身。山友太年轻，不宜观看，去采蘑菇去了。这场戏最要紧的是，我们得看着，监督着。据说交配的最后阶段可能会很戏剧化，好像它们会需要我们，好像我们都是做爱的专家似的。最后，一切都中规中矩，男人带着他的狗走了。要是可以开个轻浮的玩笑，我会对乌巴克说，它这个小色鬼，以前看我们看得够多了，现在轮到我们看它了。六个月后，男人给我们发来了一条语气庸俗的信息："没成，我的母狗没怀上。"我和马蒂尔德都坚信这家伙在撒谎，他肯定在用他的母狗赚钱。我们真该听从身体语言 —— 这人眼神躲闪，也从不拥抱他的狗。我们放弃了包办爱情的念头。这太肮脏了。

幸运的是，命运一贯行事妥当，总能做出比那些冷冰冰的会面更适宜的安排。某天，我们去马尔科湖散步，乌巴克伤了一个脚趾，本来不能快跑，但它远远瞥见一只姿态优雅的母伯恩山犬，急切地想靠近它，我们怎么喊都没用 —— 这时候有狗绳就能派上用场了。双方攀谈了起来，对方认出了它就是小广告上那只狗，跟照片上一样英俊。阿尔卑斯（此地的狗名大都与山有关）和乌巴克开始约会，有时在他家，有时在我家，像恋爱的中学生一样，两边的父母都通情达理。有两回，我们撞见他们下半身连在一起，不由得感叹"哈利路亚"。在好奇的猜测中等待了五个月后，维科医生宣布，阿尔卑斯怀上了四只小狗。因为朋友们都不理解，我们自己为什么不要孩子，所以我们也不太好意思向他们炫耀阿尔卑斯的腹部 B 超照片，虽然私下里我们已经乐疯了。

天公不作美，其中两只小狗生下来就死了。另外那两只，能活下来就好。阿尔卑斯状况还好，但痛苦的眼神让我们受不了。存活的两只小狗，也是命悬一线，最初那几天，它们只能靠妈妈丰富的乳汁勉强支撑。那年是 F 年。阿尔卑斯的家庭留下了那只公狗法尔科，母狗弗里丝在出生两个月之后来到了我们家，大难不死，想必不会原谅我们为了想要小狗而让它的家族蒙受的痛苦。就在它到的同一天，楚米死了。老天要么是不喜欢缺失，要么是不喜欢重叠。最初几个星期，我们看它就是个微缩版的乌巴克。幸运的是没过多久，弗里丝就让我们明白，每个生命都不该只被看作另一个生命的同类或异类，脱胎于某个样本，要学会更好地脱离这个样本。它继承了父亲脑门中间那条不易觉察的白线，但其他的一切都没有太多遗传的痕迹，如此甚好。山友对这个永不疲倦的小玩意儿爱不释手。

为了表示自己与父亲不一样，弗里丝好像没找到比不听话更好的方式。结果我们成天大吼大叫，喊它的名字。这在博福坦的某些村庄引起了强烈的反响，那里可是著名的弗里斯 - 罗什[1]的地盘。尽管村民们在阳台上摆满了漂亮的天竺葵，任人欣赏，但有些街巷还是很少被外人涉足过的。

---

① 法国著名登山家。

18

五口之家的生活充满欢乐。

三条狗个头都不小，得精心安排才能把它们都安置在一辆车里。不能忘了这条的狗粮，那条的药，有时还得安排寄养，全是些让热爱自由的人想逃跑的事。家里一副喜气洋洋的混乱局面，到处都是狗，每个房间都有，跑过来跑过去，一会儿同时，一会儿一条跑完另一条跑。但凡一条兴奋起来，所有的狗都跟着激动不已。每天早晨，从第一缕阳光开始，家里就像在跳玛祖卡舞，整栋木屋都跟着摇摆。但热闹又会毫无预兆地突然中断，狗狗开始集体午睡，一切都停了下来，虽然地板偶尔会动一下。这是一种音乐，只属于它们，没有任何录音师能捕捉得到。它们在摇摇欲坠的阳台上奔跑，在货车里鼾声震天响，搞得我们整夜失眠。它们跳着进门出门，家里就差个火圈。它们的食盆碰在一起叮当响，它们一起舔着喝水 —— 山友只有在乌巴克喝的时候才喝，它们的尾巴齐齐地敲打着地面，它们同时进入梦乡。当远处传来声音，它们就会开始集体舞蹈。山友发出警报，用鼻子嗅着，等待后援；弗里丝边跑边叫，简直要震破我们的耳膜；最后出场的是乌巴克，摆出一副大佬架势，发出低沉的吼声，直到假设的攻击者出现。这个攻击者，有时是快递员，有时是飞机发出的音障声。它们还会假装打架，比赛谁不听话。它们在地上转着跳着，盼着我们加入。一旦我们也躺倒在地，它们就三条一起，重重地扑在我们身上。进城的日子，三条狗绳搅在一起。这就是我们乱糟糟的甜蜜生活。当一切逝去，它是我们还能找回的记忆。我想，这就是我们想要的：让我们的日子永远热闹嘈杂，让我们的共同生活更加激动人心。

我们热爱与狗群生活之余，心里也有些疑惑。如果有四条，或者十条狗，群居生活的幸福会不会黯然失色？这件事也跟其他事情一样有上限吗？过量了就让人厌恶？限制确实存在，包括经济实力，居住面积的弹性也有限。而且我们确信，当群体超过一定规模，其中的个体就会被淹没和遗忘，虽然牧羊人另有说法。三条狗提醒我们的第一件事，就是我们每人只有两只手，这决定了我们能提供多少爱。就算加上脑袋、脚趾和整个身体，要想给狗狗们每个眼神、每次爪子的动作满意的回应，也还是让人手忙脚乱。因为三条狗永远同时要求关爱，如果一条狗抢了先，另外两条一定会立刻跟上。如果有一天，我们只抚摸一条狗，那意味着另外两条已经失去肉身。

狗的数量超过三条，我们一定会失去什么。虽然幸福会感染，但就像拿石子儿打水漂，最后那几下弹跳肯定会变得软弱无力。爱的衰减也大抵如此，达到某个限度之前，还可以平均分配，然后，当有那么多的心灵等待滋养，爱就开始迷惘，力不从心，甚至偏心。所以，三或二似乎是适宜的数量，每条狗都能被关照到，它们整体是幸福的，虽然没有什么能完全平均分配。安德烈对我说，五也是个不错的数字，我们有五官，五个手指，伊妮德·布莱顿俱乐部那五个成员里，达哥①可不是二流角色，它始终在尽力辅佐人类。我对马蒂尔德说，咱们见好就收吧，别跟生活耍小聪明，可别把它惹急了。别忘了，乌巴克一直在尽心尽力地照顾另两只，还没让我们太吃力呢。

我们花很多时间看着三条狗度日。要是有人来我们家推销电视，大概会空手而归。每时每刻都有好戏上演，令人放松、兴奋或是感到宽慰。三条狗从不分离，除非我们带其中一条去看兽医。回到家里，另外两条狗欢天

---

① 英国儿童文学作家伊妮德·布莱顿的小说《世界第一少年侦探团》里的狗。

喜地地迎接它，好像它九死一生，刚从战场上归来。

　　我经常得一大早起来，去很远的地方上班。对于喜欢合家团圆的我来说，这样的日子过多了。这让我烦恼，但无可奈何。早上还不到五点钟，我走出卧室，小心翼翼地怕吵醒马蒂尔德。她说："你想开灯就开吧。"我在门厅里穿上衣服。走进大房间，地上有块木板咯吱作响，惊醒了狗群。要修补地板恐怕得等一百年。翻新老房子就是这样，费尽心思地努力了几个月，跟家居公司的铺砖工混成熟人，然后忽然有一天，没有任何通知，完工了，我们连换个灯泡都成了难题，得等，成月成月地等，也许白等一场，因为没库存。三条狗占了整个房间，几乎贴在一起睡，其实一间小小的保姆房就能让它们欢天喜地了。山友眼睛半睁看着我，尾巴两拍子敲着地板，乌巴克和弗里丝假装什么都没听见，但晃动的尾巴暴露了它们，它们的尾巴和心脏一样，不受任何控制。我把壁炉门稍微打开一点，火亮了起来，我添了一块木柴，等马蒂尔德起床它就该烧成炭了。水沸了，我泡好茶包，烤了片昨夜的面包，空气里弥漫着香味。跳动的火苗把房间变成了万花筒，光影舞动。千万不要开灯，不要打破此刻的魔法。我本来可以起得再晚些，但这神奇的一刻使夜晚的短暂得到了补偿。我凝视着半睡半醒的它们，这和谐的景象令我激动，每次都是如此。它们之中哪条

狗能单独生存？睡着睡着，它们的垫子就挪了地儿。有
时两条挤在一块垫子上，有时垫子被揉成一团，可一切
都那么宁静。我跟它们打招呼，一条接一条，抚摸着一
条狗的侧身，亲吻另一条脖子上的褶皱，它们则亲热地
用爪子抱住我。每条狗都知道我来了，或我还会再回来。
下一个早晨，我会换另一条狗先打招呼，这样，最后一
条也会换。我呼吸着它们的味道，深入肺腑，我沾染了
它们的气味。我一开始切面包，馋嘴的弗里丝就伸了伸
懒腰，鼻子闻到香味，快速翕动着，赶紧跑过来问我夜
里睡得好不好。这只酷爱食物的狗狗认为一切皆可食，
不管是手套还是钱包，它对真正的食物感兴趣，这是好
事。它兴奋地舔着空气，以为这样就能够到香喷喷的黄
油面包，它把脑袋放在我大腿上，知道只要对我使出眼
巴巴的眼神，它要什么我都会给。我告诉它好好享受吧，
下周我就要对它们严格起来。山友跟着过来了，感谢妹
妹开了个好头，它把脑袋也搁在同一条腿上。面包屑飘
落下来，几乎没来得及被咀嚼就被吞了下去。安德烈该
开心了，因为我的裤子上沾上了哈喇子，我得给自己弄
套早餐服了。乌巴克拿出家长的派头姗姗来迟，它像优
雅的芭蕾舞者，把大脑袋摆在另两个小脑袋上面，三双
眼睛和三个脑袋摆成人字。我拥抱了它仨，我们混作
一团。对那些自诩幸福的人来说，这场面也就是好玩而

已。但对于我，只要他们粗糙的毛发包裹着我，我就有了足够的温柔和力量，去接受世界，抵抗世界。

如果时间来得及，我们就去外面走走。我们惊扰了一些夜行者，借着头灯的光亮，我看见一只返家的雄鹿，它的黑眼珠里没有惊慌。虽然它们应该对一切保持警觉，但我很想让动物们知道，某些人类是永远都不会伤害它们的。我的三条狗没有一条去追它，这是我们的默契。树林深处传来咔咔的声响，如果是人类，我就会知道。这些清晨时光是上天的礼物，即将隐身的星星、初露的晨曦和令人心安的寂静使天地愈加美丽。世界安详，有种永恒的感觉。那是一种超越一切的东西，不需要上帝，也不需要实体。有时候夜里下过雪，雪干干净净，还没有被踩过，只是偶尔有野兔跑过的痕迹。三个家伙想玩雪，我告诉它们我没时间，尽管我自己也想不明白，为什么不能把这辈子的时间都用来玩耍。我们回到家，它们又跑回不知哪块垫子上窝着。这时，我用眼神询问乌巴克，是想陪我出去还是在家陪女士们，它的回答总是干脆明确毫不含糊。每次我都指望它能站起身，跟我出门。但我也知道，三狗帮缺了谁谁都会焦虑不安。乌巴克按自己的意愿决定，原则上它是完全自由的。基本上，每两次有一次它会陪我出门。不过在这件事上，对等并不意味着平衡。我独自出门上班的日子，有时候会掉眼

泪，有点欣慰，有点生气，还有好多别的情绪。我开着
货车上了那条从木屋往上走的路，仿佛驾机起飞，更有
点生离死别的味道。

我们原本想让乌巴克添丁进口的目标，不管其中包
含多少善良情感或不纯动机，早就被抛到脑后了，况且
本来就不该作此打算。我们让它们仨在一起，试图减轻
自己对某条狗置之不理的罪过，但计划彻底失败。六只
眼睛一齐看着我们，使我们领悟到，三个还是比五个少，
它们仨是一个整体，从今往后我们要处理的是它们集体
的孤独。根据日子不同，三条狗其中的一条会扮演上刑
场的角色，另两条充当悲痛欲绝的家人。这招相当灵验，
我和马蒂尔德要想毫无愧疚地出门，就得有一人拿出铁
石心肠才行。如果我们俩都狠不下心，就只好把打好的
背包放下，狗狗们得逞了。

三条狗的团队在无意识中利用着我们的弱点，但它
们也有自己的力量，它们保护、关照着其中的每一个个
体，使之变得更加强大。这个团体非但没有抹杀个体的
特性，反而使之升华，这很不寻常，又何其幸运。山友
就是山友，弗里丝就是弗里丝，谁都不会被降格为某只
单身狗的玩伴。它们之间的关系丰富多变。我们对这种

关系的看法和想法有时是很纠结的，我们觉得山友一年比一年更像乌巴克的妹妹，弗里丝呢，永远都是它女儿。这些想法当然有血缘的原因，也是出于我们对角色的惯常分配。那么根据这个逻辑，山友该是弗里丝的姑姑，但它们其实更像姐妹。简言之，除了每条狗自己固有的价值，没有什么是必须怎样的。乌巴克还是那样，完全没有被团体淹没，反而升格成了某种始祖。它是一切的源头，一切都来自它，差不多就是意大利人说的 fonte[①]。它们之间没有太多双重关系，但它们融合共生的状态却令人无比怀念。它们互相给予生命，普雷维尔[②]见了也会开心的。三条狗各有各的性格，同时也有复制另两条的部分性格，杂交得恰到好处，而且影响了我们。我和马蒂尔德有时候会互相嗅着对方的脖子，融为一体。我们不知不觉变得像动物了。老朋友们说，我们俩举止像狗可不是一天两天了，他们打趣说，这种兄妹恋情可要不得啊！

我们还意识到，自己低估了另外一件事。一条狗死后，指望靠另外两条活着的狗减轻悲痛，这实在是个愚蠢想法。心灵不是这么运作的，它的机理与众不同，被

①意大利语"起源"的意思。
②雅克·普雷维尔，法国当代诗人，他曾说："这个世界上有人互相残杀……也有人互相给予生命。"

撕裂的纤维无法再生。因为，除了失去一条狗的痛苦，我们还要叠加上另两条狗的痛苦，以及再也见不到它们仨在一起的痛苦。弗里丝死后，山友整整一个星期走不了路。没有一个兽医知道该怎么办，超声仪是检查不了心理问题的。山友摇摇晃晃，每隔十米就摔一跤。它的身子毫无活力，似乎也不想好起来。还是孤独生活好，能避免很多痛苦啊！

我们的生活就这样维持着平衡，持续了好多年。我们感受着团体的力量，感受着它的丰富和混乱，无论发生什么，也夺不走我们这些经历。是的，混乱使生活更充实。谁不是在超市收银台结账时，才发现自己毫无章法地拿了那么多东西，购物袋都装不下了呢？

每次调动、搬迁、季节变化，还有日常生活中，我们要处理的事情都要乘以三倍甚至更多，这种事情以指数增长的节奏天天如此。担忧也是如此：山友腿瘸了，弗里丝要做化疗，乌巴克越来越老了。如果说三条狗给我们带来的幸福没有间断，忧虑同样如此。

像所有自给自足的系统一样，我们活得既幸福又孤立。我们与现实若即若离，某种程度上处于脱钩状态，这并非仇恨人类，而是因为过分亲近动物，与世人隔绝。我们尽量不去哪儿都带着狗，也努力不让社交圈太封闭。

但事实上，我们还是与世人渐行渐远。那些嫌乱嫌吵的
人不怎么来我们家了，我们也因为没人看狗或怕打扰别
人而拒绝了一些邀约。有些计划需要我们彻底行动自由，
我们只好推迟。一切都拉开了距离。尽管我们努力摆脱
遁世者的人设，尽管我们深爱人类，很多人还是对我们
越发疏远。狗，或者说动物，让与它们平起平坐的人把
标准提得很高。他们会不由自主地，或许有点故意地对
人类有些轻蔑，这也是自然的。鲁鲁爷爷毫不客气地说
过："这事就是这样。"我们还不至于如此，如果与世隔
绝的生活给我们带来更多损失，也许我们也会变成这样。
我们交了一些同样养狗的朋友，有时十几个人和狗约了
一起去林子里玩。但我们很少加入什么团体，特别是那
些主张某些共同信念的团体。我们一般也不会把车停在
房车营地中间，尽管那里很安全，但我们不太想谈什么
卫星导航、排量 2.3 升、安达卢西亚之秋之类的话题。相
比于对生活品头论足，我们更喜欢生活本身。跟那些我
们深爱的爱动物人士也一样，什么狗粮里欧米伽 -3 的
含量对比啦，这啦那啦的，也让我们厌烦。这种聚会中，
总会有那么一个人，就是他的狗最有德国气质的那位，
提议大家拍集体照，大家都得一动不动坐着，保持微笑，
最绝的是，要按年龄排序。幸好不守规矩是会传染的，
他的主意永远都没法得逞。如果有必要，我们会悄悄地

撺掇三条狗之一跑出取景框，然后，我们相拥着离开了。

我们的行为很像逃跑或看不起人，不过，这真有那么丢脸吗？周围的小圈子已经习惯了我们的生活方式。我们是他们嘴里的“就那俩，知道吧，有三条狗的那俩”。这称呼我们很喜欢，它没有忽略生活的任何部分，也没有掩盖真实，恰恰相反，它使生活充满了颗粒般的质感，让生活钩住所有经过的东西，包括那不可捉摸的、人们称之为幸福的东西。我们幸福得都害怕了，我们得给别人留点幸福的碎屑，我想自己一定会死于得到太多，我甚至觉得这是公平的。

我们与世界之间建立了某种关系，后来，即使没有一直，但至少在很长时间里我们都保持着这种看世界的眼光：我们是一座孤岛。无论外面的世界是欣欣向荣，或是崩溃倒塌，自私一点说，我们只有一种办法能保全自己：凝视这个完美的庇护所，然后，数数。“五”，这何等神奇的数字，唯一的弱点是无法永存，将来有一天，这个数字会减少，我们会挫骨扬灰，但我们会为了它的存续而斗争。炎热的夏夜，我和马蒂尔德在露台上放两张床垫，我们就睡在那里，身边是三条狗，还有几只借宿的山羊。流星划过夜空，在我们所有无法言说的愿望里，只求这一刻永恒。没有更大的心愿了。

第三部分

19

今天周四，乌巴克陪我出门上班。

女士在家，男士去贝利，我们家一般不这样安排的，不过今天只能如此。早上，乌巴克以两种方式示意我，它想跟我出门。早间短途散步归来，两只母狗进屋的时候，它会离开它们一段距离，似是而非地溜达几下，然后就蹲在货车旁不肯动了。如果我们在室内待着，我挨个跟它们道别的时候，它就站起身来，眼巴巴地盯着我，一个劲使眼色。我跟它确认："你要来吗？"它拿鼻子推开门，都不跟另两只打招呼。它们肯定是事先道过别了。我不知道它为什么想跟我来，肯定不是为了满足我的需要，它自己有主意。我对想跟着过来的山友和弗里丝说，我也爱它们，然后告诉又快睡着的马蒂尔德："乌巴克跟我去，晚上或明天见，我给你打电话。"——我不怎么跟她说我爱她，想着有行动就够了。

我把货车的两个门都打开，副驾驶或后座，由乌巴克选。今天它坐前面。我推了推它的屁股，但它块头那么大，占了一大半空间。我很开心跟它挤在一起。车里常备一袋狗粮，以防万一。

开始的几公里，我们听着法国电台的早间节目，好知道一夜过后世界上发生了什么，托马·勒格朗①在四分钟时间里给了我们清醒看世界的幻觉。我们绕道布尔歇湖畔，好去克拉雷糕点铺买巧克力曲奇，别家的只是表面上撒几粒巧克力，他们家的曲奇里可是实打实地塞了有上百粒巧克力碎。我心里想着，三块太多了，两块就好，结果买了三块小的。为了让良心上过得去，也免得吃多，我给了副驾驶半块，去他的狗不能吃黑巧，乌巴克体格够结实，不怕区区几克咖啡因。车前面扔着个袋子，到处是饼干碎屑，这会儿电台里播着马文·盖伊②的音乐，让人想扭屁股。车里乱糟糟，但喜气洋洋。几分钟后，我就在教师办公室了，不过这会儿我只管乐呵呵的，任何糟心事都影响不到我。

我把车停在离运动器械不远的地方。趁学生们去更衣室换衣服，我打开车门，让乌巴克下来，它明白在这儿得低调行事，于是在车旁垂柳下找地方卧了下来，远远地看我带学生上中距离训练课。被准许免课的学生一般会被安排去做一些无聊的事，但我允许他们去陪乌巴

① 法兰西电台新闻评论员。
② 美国著名音乐人。

克。怪事出现了，扭伤或有哮喘的学生越来越多。课间休息时，孩子们嬉笑打闹，我和乌巴克就散个步，时间有些仓促，所幸没人打扰。我希望乌巴克能像训练有素的公务员一样，每天十点半大便，可是它的肠胃自行其是。同事们从窗口打量着我，法语老师第十五次问我："你不喜欢人，更喜欢狗，是不是？"我也第十五次按照她所期待的回答道："谁都喜欢就是谁都不喜欢。"接下来，我给三年级上标枪课，这节课乌巴克给我打了个高分，因为孩子们很开心。这是它判断一门课程值不值得教的唯一标准。中午，我们去看望雅克琳娜和安德烈，我想他们了，他们就像我后认的祖父祖母，我唯一的亲人。我如果感到立刻回博福坦太累，也会在他们的客栈住几天。我希望二老长命百岁，我们有的是事可做。今天是周四，我的盘子已经摆好，每次我来，午餐都像周日大餐一样丰盛，炖肉配黄油和奶油酱汁。我一直不敢提我爱吃素的事，他们经历过缺吃少穿的年代，不会理解的。我椅子下有个嗜肉的小伙伴帮我，不会让他们生气。然后上了蓝莓馅饼、咖啡，还有一种喝不死人的药酒。最后，卡雷尔和乌巴克一起提出申请，要共度愉快的下午。那是自然。

大约下午六点钟，我去接乌巴克。时间还早，我也不累，可以回家。我婉拒了安德烈递过来的一小杯佩诺酒①，那杯子似乎不小，酒也太浓，喝了肯定就走不了了。

乌巴克跳上车，还是坐前面，我们出发回家。广播里，《今日环球》节目又一次告诉我们世界如此多变，如此脆弱。走到第一个环形路口 ——维利宁环形路口时，一辆小型卡车在右边与我并行。我感到对方似乎在减速，于是一踩油门，但对方跟我一样的想法，我们同时猛踩刹车，轮胎发出刺耳的声响。出于父亲的本能，我伸手去摸副驾驶座位上的乌巴克，好像一只手就能拎得起四十五公斤体重似的。那辆车上的两个年轻人拼命按着喇叭，指手画脚，高高举起中指，像所有躲在车里的勇士一样，高声咒骂着。我摇下车窗，冲他们喊道，我也爱他们，可这救不了人类。我为自己也做出这般举动感到羞愧，发誓再也不做这种蠢事。大多数情况下，这种事情就是这么收场的，男性啪啪拍着自己的胸脯，表示自己的强大，然后回到自己的部落，添油加醋叙述一番，把自己说成大英雄。

我继续赶路。他们紧跟着我，贴着我走，一会儿超车，一会儿回到原位，还用大灯闪我。他们肯定是看出来了，我只有一个人。这下他们越发胆大和愚蠢。我们经过了狭窄逼仄的巴尔姆峡谷，接着是耶拿峡谷，然后

① 法国的一种茴香酒，需兑水饮用。

重见天日。他们一直跟着我。觉得自己人多势众可不一定有好下场。

终于，我忍无可忍了。他们打算一直跟我到家吗？想干吗呢？作为素质良好的司机，我打右转灯，停在路边的小停车处。一块田园风格的牌子上写着提示，此处可以休息，禁止扔垃圾。两个牛仔也学我，狠狠踩着刹车，跟克林特·伊斯特伍德的电影里一样。我对乌巴克说："这俩看上去真是蠢货。"对有些人，话只能点到为止。这回我们不在车里比画了，我下了车，他们也下车，我们在两辆车之间狭路相逢。其中一个戴着顶黑丝绒贝雷帽，就是那种爱喝椰子烧酒的堕落小资爱戴的样式。荷尔蒙开始上头了，这使我想起以前舒克斯搞的那些闹哄哄的舞会。碰撞乐队①的音乐和朋克舞之后，穿着廉价白色尖头靴的人们就开始大打出手。各有各的敌人，橄榄球队员对阵开发区的人，潘乐为中学对阿勃卡中学，塞维丽娜的追求者互殴，总之就是喝多了之后执意犯蠢。

两个家伙眼睛血红，看着不正常，这不是好兆头。可能我面对的不是他们自己，而是他们的替身，比他们本人更凶猛。双方开始争吵，互相吼叫，每人都想证明自己有理，自己更强，对方该俯首称臣。公猴争老大也

---

① 1976年组建的英国朋克乐队。

是这样，纽扣战争^①、苏族^②屠杀，统统如此。两人中的一个站出来，我猜那是领头的，我俩脸对脸逼近，直到脑门碰到一起，有点像足球运动员那样，但又不太像。我感觉到另一个在我身后，步步逼近。小时候，在背后进攻的人会被踢出游戏，也别想再尝到炸薯条的滋味。所有社会新闻大概都是这么开始的，就为一点小事，几个普通人气得跳脚，肝火上升，谁都不肯低头，最后失控，灰飞烟灭。人类为一点小事就能掀起仇恨，并不需要发生真正的犯罪。对面的家伙抓住我的衣领，我如法炮制，我们互相推搡了第一个回合。他对我吼道："冷静点！"可他的身体一点都不冷静，背后那位在我后脖颈上来了一下，一般想让吵闹的孩子安静下来时就用这招。对面的人卷土重来，跟我扭打在一起。我们俩都下手更重，誓不罢休。这时事态已经无法回头了，只能以一方倒地求饶收场。几十辆车从我们身边呼啸而过。

我们开始互甩耳光的当口，它冲了上来。

乌巴克来了。我脑子里还没反应过来，这不可能啊，它明明在车里待着，车门锁着。这下场面更魔幻了。它怒吼一声，那声音我从来没听见过，这是在警告对方收

---

① 指法国影片《纽扣战争》，该片讲述爱尔兰两个邻近小镇的男孩互相敌对，将争吵白热化成一场纽扣战争，作战的方式是互相偷取对方衣服上的纽扣，用绳子穿上，一个一个悬挂起来，直到对方全身赤裸为止。
② 北美印第安人中的一个民族，十九世纪曾与白人发生战争，被大量屠杀。

手，否则小命不保。它冲向第一个人，看上去是头儿的那个人，擒贼先擒王。它重重地撞在那人身上，发出一声闷响，对着那人龇牙咧嘴。那人倒在地上，摔出去足足有三米，脑袋重重磕在地上。如果还不罢休，他就得掉块肉，要么大腿，要么喉咙。乌巴克上前两米，尾巴与地面平行，露出獠牙，进入了介于狼和狗之间的状态。两个家伙吓得呆若木鸡，生怕送命，一动不敢动了。

"把你的狗叫回去！"

"我要是不叫呢？"

人们不再觉得这种打架无聊可笑，一旦占了上风，就上头了。

乌巴克轮流打量着他们，毛发竖着，前腿微曲，后身摆出预备跳跃的姿势，嘴噘得老高，一副要大开杀戒的架势。在狗的意识里，以杀戮维护正义，合情合理。它对那两人又尊重又蔑视。它不再叫了，只从肚腹深处发出低沉的吼声，这更令人畏惧了。警告的阶段已经过去，剩下的只是行动了。我意识到，我控制不了自己的狗，本就如此，这狗已经不真正属于我了。另一个家伙嘴里嘟囔着什么，慢腾腾地躲回到车里，但愿他已经吓尿了。我担心他从车里拿出武器，棍子或是别的什么，伤着乌巴克。一辆路过的车减速向我们张望，车上的人不会以为我是袭击者吧？另一个人也慢慢地后退着回到了卡车上，一边咬牙切齿地骂道，今天算我走运，日后他一定找我算账，那只烂狗不会老陪着我云云。他这么骂乌巴克，我真想把他的脸砸烂。他们扬长而去，跟来的时候一样动静很大，冲车窗比画着中指，车后尘土飞扬。

一切恢复安静，乌巴克也放松了，呼出一口气，四肢都松懈下来。它总算知道怎么使用暴力了，不过它用不着。它立刻开始惦记别的，用鼻子四处嗅着，这儿那儿撒泡尿，很想散步的样子。我的第一个念头是赶紧离开。它既没高唱凯歌，也没挺直身体的任何一个部位，或做出任何夸张的举动。如果是我，早就绕场两周以示庆祝了。说到底，这是条狗。我需要走走，把提着的心放下来，把压在胸口的沉甸甸的东西挪开。我挪了挪车，发现了乌巴克是从哪儿下的车。从一扇开了不到一半的车窗，也就四十厘米的缝隙里钻出来，还得从车厢跳到路面上，我搞不懂它是怎么做到这些的。那天晚上，我梦见它穿墙而过。从那么高的地方跳下来，我得看看它脆弱的膝盖怎么样，就像进攻之后为战士整理衣饰。它由着我摆弄，心地善良，让我以为它需要我。我们走上一条小道。寂静令人舒适，自然安抚着我们，相对于人的暴力，我宁愿选择狗的暴力。这里仿佛一切都是新生，充满希望。我想起了胆量、勇气和那些恐惧的理由。乌巴克走远了，我叫它，它立刻回来找我。一个这样的骑士怎么会愿意听我差遣呢？这世界搞反了。

我早就知道，我到处嘚瑟的事，原来是真的。

乌巴克能为我死。

20

二〇一七年七月十三日，我记得应该是下午一点前后，乌巴克死了。

几秒钟之前，它一息尚存。人们告诉我，它当时朝左侧卧着，然后，生命的气息在体内数亿次循环往复之后，它身体的右侧鼓了起来，肋骨高耸，最后几口气呼出之后，肋骨塌了下去，然后不再有任何动静。呼吸这种事，我们视作当然，岂不知终有一日会只剩最后一口，至于那最后一口是呼还是吸，恐怕要取决于意愿：是继续活着，还是离开。那一刻该有一声叹息。蟋蟀们噤声以示敬意，接着又继续吟唱。在那之前，乌巴克也许环顾四周，把世界永远印入了脑海。对面的草地上，没有夏牧场常见的牛群，铅蓝的天空炙烤着大地，这是世界留给它的最后的画面，虽然它更喜欢冬天。它的灵魂化作一缕烟，像一朵绽放的马勃菌，金色的孢子飘向离生者最近的地方。山友和弗里丝感到一口气在它们体内散开，像一摊黑色的蜂蜜。我当时在吃甜点，我记得大家正在笑什么。

几分钟之前，乌巴克用眼神巡视四周。它要确保身边没有忧心忡忡的人类，这个以优雅为己任的生命，离去时姿态也要优雅。它转着头，左看看右看看，眼神一遍遍扫过，又嗅了嗅身体周围，这都是它的身体还能允许它做的事情。我父母时不时上楼来，看它是否还活着，动一动它的四肢，擦掉它嘴上沾的小沙粒，保持它嘴唇湿润，并拍拍它的骨头，说着"乖狗狗"，心里祈祷这一切快快结束。我父母是我永远可以依靠的人，无论是安排简单的节庆，还是繁重的劳作。这种多重角色可以告诉人们什么叫绝对的爱。我母亲忧伤着我的忧伤，都忘了她自己也有权忧伤。她心里琢磨着，万一情况不好，该不该通知我们，又怎么通知呢？让-皮埃尔说最好等我们回来，否则我们会把车开进沟里，那就祸不单行了。他们刚刚上去看过，乌巴克很安逸，有半个小时的时间从容离去。它就是希望这样离开，安安静静，无人打扰。它把两条母狗召集到身边，它们的在场让它欣慰，它们是懂得死去的世界的。它低声耳语，对它们说了三个字，从今往后，这三个字要陪伴我们的每一天。它们舔了舔乌巴克沾了土的鼻子，好让它干净体面，意识到从此之

后就要生活在孤独里，它们不由得颤抖起来。乌巴克只
想要它们的陪伴，别无他求。我反复用这个念头轰炸自
己，才得以留在这里。我脑子里有些转瞬即逝的可怕想
法，让我六神无主。我想象它陷入孤独、无助，感到自
己被抛弃了，独自面对死亡和我们卑鄙的冷漠，这让我
恨不得立刻去到它身边，我费了好大劲儿，才勉强把这
些念头推开。我在距离乌巴克有七十八公里的地方。但
这跟一公里或一万公里没有区别，我不在它身边。饭桌
上，我一直把手机放在桌边，抑制不住地不停地查看。
客人们取笑我跟孩子一样，我什么都没说，这与他们无
关。我给父母的来电设了一个特别的铃声，我竖起耳朵
等着，手机有任何响动都让我全身颤抖。烈日的炙烤下，
没几分钟，手机屏幕上就显示过热关机了，我赶紧把这
该死的手机放到阴凉处。关机持续了二十分钟。马蒂尔
德的车在路上抛锚了，发动机出了问题。乌巴克的神通
已经出神入化，它通过我们的机器故障，让我们远离它
身边，直到悲痛的一幕结束。

　　几个小时之前，我犹豫不决。赴这个约有必要吗？
我这伟大而平庸的生活里，什么理由那么重要，能让我
离开我的爱犬？没有。但乌巴克开始吃东西了，吞下了
一些煮得糊烂的面团，它都两天没吃东西了。我喂它喝

下了一点水。它的眼神不那么空洞了，还用爪子拍了我一下。它的下降曲线里出现了一个小小的上扬，显示状态尚可。那是它的最后一招，让我相信它还能撑下去，觉得它死不了，我可以离开。这是我的通行证，是它的愿望。考虑到那天它的状况跟前几天一样，而前几天它都挺过去了，我找了一堆不靠谱的理由说服自己，决定去赴约，确信乌巴克会等我回来。我确实是这么想的，因为我曾经发过誓，它死时脑袋会枕在我大腿上，我用自己的脉搏静静地捕捉着它离去的脚步。那时它已经动不了了，我把它放在花园里阴凉的地方，告诉父母，今天太阳会怎样从东到西转动，他们得怎样按照时辰挪动它。这些事情和其他一些细节，我其实都跟他们讲过二十多遍了，但善良的他们不会告诉我，他们都知道了。我替它洗净了被屎尿弄脏的小腹和下身，拍死了十几只围着它转的苍蝇。

我跟也要出门的马蒂尔德吻别。我们紧紧拥抱，互相打气，都以为对方比自己更有信心。我忙着准备这准备那，都没好好跟我的狗告别。走的时候，我看了它一眼，它的状况没有好转。它跟我形影不离的一生到了尽头，它心里明白，而我却辜负了这最后的时刻。直到现在，这件事仍让我心如刀绞。从那以后，无论我身处何地，无论云层和季节如何变换，每天晚上我都会仰望夜空，向最让我们感到亲近的星星，参宿一、参宿二和参宿三致敬。

几天之前，乌巴克的状况似乎没有恶化。如果死亡是一个顺着阶梯下行的过程，平台会给人状态稳定的错觉。我本该感到担心的，阿莱什酒吧的德德有一天告诉我，人死之前会回光返照，有时候很明显，简直容光焕发。人就像夏季的暴雨，结束前的雨滴特别大，好像在提醒世界自己的存在，然后一下子骤然停歇，一切归于平静。

我们每时每刻都在一起，觉察不出它每况愈下。它发出沉闷的吼声，声音嘶哑阴沉，有时一连几分钟剧烈喘息，仿佛心脏在做最后的胡乱挣扎。它的眼睛变了样，冰冷而深不可测。它似乎缴械投降了，完全不是人们说的那种安详状态。我与马蒂尔德面面相觑，好躲开乌巴克想结束这一切的呼唤。再说了，生命无常，也许它能挺下去，也许它能重生。乌巴克不再有激烈挣扎的样子，它的呼吸平稳下来，四处看着，目光空洞。它吃了一点奶酪，在我们手心里舔着喝了点水，山友和弗里丝来逗它开心，它似乎很高兴，尾巴似乎也有要摇一摇的意思，这让我们兴奋起来。人类的觉察力太不稳定，能从不起眼的细节看到生命的逝去，而生机盎然时，却往往忽视生命。于是，我们为乌巴克的小小好转欣喜，推迟了该做的唯一正确的决定。我们犯了家属常犯的错误，当病患只需要我们鼓励他放心离去的时候，我们却祝贺他活过来了。

我们花大量的时间给它清洗伤口，照料它。它身上结的痂化脓了，眼神里全是内疚，埋怨自己给我们添了麻烦。我们让它放心，告诉它，爱它、跟它在一起比什么都重要。我们整天蹲在地上，好跟乌巴克一个高度，头抵着头，对它无上限地溺爱。不过我们也没忘了另两只，我和马蒂尔德时不时带它们出去放风，闹腾一会儿，它们又跑又跳，毫不迟疑。我们还借机在林子里吼两嗓子。那些日子过得很充实，让我们联结在一起，尽管我们本来就亲密，并不需要这些。到了晚上，家里就举行爱的仪式，乌巴克身上很干净，它吃了点东西，服下一片曲马多，山友和弗里丝躺在它周围，我们也是，一切都静谧美好。全家同时做同一件事，这本来是平常小事，如今却变得罕见了。三条狗的爪子尖碰在一起，仿佛在为乌巴克充电。我们沉浸在傍晚的温柔里，虽然人们常说，傍晚是焦虑的时候。表面上看不到痛苦。然后，我们悄悄起身上楼，注视着三条狗在一起安详入睡。我想，我们两人都梦想着事情就这样结束，在暖烘烘的家里，一夜安睡过后，五个成员只醒来四个。在梦里展现勇气，这本来就是梦的功能。

我们讨厌做计划，但那个星期一开始，我们就聊了聊一周的安排。周四我得去一趟沙莫尼，后面几天都要写东西，就在家里哪儿也不去了，这样正好。我坚持让马蒂尔德出门放风，去看看海，去里沃度的沙滩上跑一跑，吹吹风，去替我们充充电，否则两个人都闷在家里，只会更消沉。我们长篇大论了几个小时，说了一堆关于自私的定义，生活还是要继续，待着不动没什么用，等等，最后一致认为周四是最合适的日子。马蒂尔德"嘘"了一声，她很担心乌巴克会听到，然后打什么主意。可它不可能听到任何事，我们早就习惯了低声说话，这种担心傻极了。

几个星期之前，乌巴克的生命已经面临终结，死亡的恐怖萦绕着我们。

我不知道乌巴克是否意识到自己大限将至，我想会的。不是说在非洲，动物们都会自己去墓地等死吗？我们知道整个夏天都得陪着它，以它的状况不能寄养了，我们得寸步不离守着它。这是显而易见的。对狗来说，夏季是个可诅咒的季节，主人们扔下它们去享受生活，各个宠物店或地里随便挖个坑，都被寄养的狗塞得满满的。我们争先恐后地告诉它，我们不在乎什么攀岩、聚会或野营，没必要为这些无聊的活动牺牲它。我们意识到，这个夏天将很沉重，恩特雷沃和瓦鲁伊斯①是不能去了，我们要与悲剧抗争。我们从早到晚都心情沉重，因为别处的生活都那么轻松愉快。乌巴克的样子让人难过，这条曾经雄赳赳、强健有力的狗，往日在山巅奔跑，如今却风烛残年，天天躺在地上，丝绒般的皮毛变成了干枯的稻草，长条状的灰色和斑驳的苍白蚕食了口唇上原有的粉色。它的嘴唇皱得干巴巴的，像个被扔掉的苹果，下垂的眼睛里映着我们变形的影子。我没有任何办法帮它，它明白这点吗？它会不会以为我没尽力救它？我受不了这悲痛的景象，有时躲到书房里，泪如雨下。眼泪干了之后，我对着它摆出一副笑脸。它看着我，仿佛在说，我明白。心灵的语言无须掩饰，连掩饰的念头都是羞辱。有时候，它的失能状态让我们悲愤得不能自已，小心不把怒火指向它。当这种愤怒从我们的每个毛孔爆发时，我们就冲着某个傻农民或税务员发火。如果没人可骂，我就在石灰墙上发泄怒火。我手上的皮肤在那上面留下的一道道鲜红的痕迹，是我无能的签名。山友和弗里丝全心全意爱着它，它们舔着它的身体，依偎着它。动物们自有互相照顾的方法，假如一只鹈鹕出现在这里，它一定会慈爱地用羽毛盖住乌巴克的肚子，保护它。

---

① 均为阿尔卑斯山区的度假胜地。

我们临时给它做了个托盘样的住处，安上一个塑料盆，好接它的尿，这样它就不会那么焦虑，它很不愿意把家里弄脏。大便基本不存在，它的排泄物里已经没有任何固体的物质了。我们给它把狗粮泡在水里，弄成恶心的糊状，但这是它唯一能吃的食物。它每次进餐，我们都像打了胜仗一样欢天喜地。有时我们把它抱到外面，让它呼吸点新鲜空气。我们也开车带它出门，去些不一样的地方。母狗们在它身旁转悠，我们带它去湖边、山上，还有它曾经了如指掌的森林边缘。我想起父亲临终前就想最后再看一次大海。我们要体贴它，直到最后一刻。偶然遇到一个眼神狐疑看着我们的路人，我对他怒目而视，尽管我曾经发誓，再也不让自己愤怒得失。我们越发与世隔绝，越发受不了那些偶尔来木屋的人。他们眼含怜悯，虽然没直说，但明摆着觉得我们惨兮兮的，日子怎么过得下去。我们受不了这个，因为事实正是如此。家里弥漫着死亡的臭气，而我们拒绝拿出勇气来做决断。我们一直宣称自己能做到，不会没必要地延长乌巴克的痛苦，因为我们没有误解爱的含义，因为这样可以让爱犬免于不体面的境遇，而爱人就没有这个高级待遇。如今它不在了，对这个问题的答案清晰可见，但当事到临头，需要我们去解决、去执行时，事情就没那么简单了。虽然我们对乌巴克无话不谈，但它从没向我们表示过自己的临终愿望。"把它送走吧，我们至少得这样做，让它走得体面，跟其他时候一样。"我们俩谁也不敢提"打针"，"安乐死"就更不能说了，这些字眼太冰冷，透着金属感，我们只说"送走"，这样，抛弃的味道没有那么强。我们谁也不敢开口向对方提这个建议，生怕余生都将觉得自己是罪魁祸首。多没出息啊，狗的陪伴提升了我们生命的质量，而我们呢，都谈不上感谢，就算是为了配得上的高贵吧，只需一个小小的举动，注射两针，一针为勇气，一针为尊严，但我们连这都做不到。我们自欺欺人地偷换概念，说打针就是剥夺生命，殊不知，那其实是提升。

本来无药可救的乌巴克，偶尔会表现出好转的迹象，这给我们的懦弱又提供了理由。它一阵一阵地变清醒，兴奋起来，努力地用嘴巴咬住扔给它的球。嘴巴很快就是它全身唯一能动的部位了。我们以为它好转了，但那可能只是类似老年痴呆者的回光返照。乌巴克颇有活力地叫了几声，听上去很高兴，整个屋子洋溢着它回归的喜悦。这种时候，再微不足道的动作也是胜利。它把脑袋搁在我腿上，我的手埋在它的毛里，它还是熟悉的味道。我们心跳的节奏慢了下来，沉浸在温柔里。我还想到了复活的可能，也许我们的热忱会感动天上的某位神灵，降下神迹呢！反正想想也不会失去什么。看到它又恢复了活力，我们都感到好过多了，在一瞬间忘了自己有多不够格。直到今天，我还在与自己的怯懦交涉，而且我很担心，自己可能与懦弱签订了长期契约。我亲爱的乌巴克又是怎么想的呢？是为我们锲而不舍的爱受宠若惊呢，而是觉得我们自私得可怕？这个我们到死都不会知道了。轮到弗里丝和山友的时候，我们不会这样做了，我们会有所作为，生活教会了我们要有担当。那么，像常说的那样，当断则断，就更好吗？我怀疑那只是从狱卒变成刽子手，据我所知，死亡的目的并不是让你活得更好。无论怎么挣扎，在死亡的那一刻，我们对自己那些深信不疑的信念只会产生错误的愤怒。

几个月前，我们不知道乌巴克大限将至，以为他只是老了，这更容易接受些。死亡带来黑暗，衰老则温情脉脉。

乌巴克的活动范围小了，跑得没那么快了，出门的时间短了，频率也降低了，但仅此而已。我们尽量避免以前的常规活动，免得今昔对比把它的衰老表现得太明显。我们渐渐接受了它体力下降的现实。去圣盖兰湖散步的时候，山友和弗里丝转一整圈，乌巴克走到尼泊尔桥那里就开始返回，慢悠悠地，直到跟那两个伙伴会合，欢天喜地。马蒂尔德和我对按水平分班教学再熟悉不过，我们觉得三条狗分组活动很好笑，忘了狗衰老的速度也比人快得多。

母狗的活力越发衬托出乌巴克的衰弱，不过三条狗的代际和活力的差异，显得我们更像一个智慧的老酋长带领的部落。有时候，机警的山友或大嗓门的弗里丝代行首领职务，分担长兄乌巴克的监管责任，关照它，又不取而代之。养大了一个孩子，陪伴了两个新兵之后，我们开始照顾老者了。乌巴克从进门到离世，时光倏忽，恍如一瞬。要意识到这一点，好好把握。乌巴克的病历本上已经贴不下它的疫苗注射记录了，福热医生自豪地给它新建了病例，上面写上"乌巴克 OLD"，他说这比"老乌巴克"要好看。三个月来，他唠叨着说，他经手治疗的伯恩山犬很少有活到两位数的，当年在夏多夫人那间有梨子馅饼的厨房里，他真该双手签字啊。桑松医生笑着对我们说，等乌巴克活到二十岁，他就写篇论文，赚笔大钱。他的微笑也在告诉大家，不要太指望永恒。

乌巴克已经不能自己上车了，那曾经是它的车。为了把它从车上弄下来，我们腰都要累断了。我对它说，如果家里只有两个退休的老人，那它可怎么活。玩笑算是个抵抗无情命运的好办法。后来，得时不时帮它把下半身抬起来——它自己还能活动上半身。就算走几步路对它也成了身体挑战，我们更得闪转腾挪，腰上使出洪

荒之力。一切都更费劲了，杜娜家的人造大理石地面成
了真正的滑冰场，乌巴克摔在上面，眼神里全是歉意。
粉末一样的雪从前令它兴奋不已，如今它望而却步。它
大小便的时候，我们得扶着它的下半身。谁要是敢取笑
这种姿态——别人的痛苦是廉价的笑料，我会忍不住对
他大为光火。我们小小的社会里从此有了一名残疾成员。
它最后一次就诊，是在阿尔贝维尔诊所的停车场，在我
们的货车里，免得挪动身体让它痛苦，也避免令人心酸
的悲情场面。福热医生的眼神变了，没有了笑容，也不
再称呼我们马蒂尔德和塞德里克。

"萨潘-德尔福先生、太太，你们该准备后事了。"

从第一天起，我就只想着这件事。那个让它渐渐不
能动的东西，名字里没有什么"症"或"病"的后缀，
它的变化没有病因，我的怒火也无处发泄。这只是时间
的咬痕，至于是灵丹还是毒药，那要看对生活有何期待。

但一切还算温和，乌巴克还在，跟我们在一起。

我有时很羡慕老人们，他们坐在炉火旁，看看窗外，
读点书，或慢腾腾做点什么。他们似乎摆脱了进取这一
暴政，有足够的时间品味一切，用温和的信念把衰弱变
成了一件优雅的事。乌巴克常常给我类似的印象，它的
老去更像安详的休息，没有什么颓废感。它生活的内容

不再是翻山过河。这样更好，它享受着什么都不用做或做什么都不着急的幸福。对死亡的恐惧并不存在，但不能再生活却是个问题。

坐在地上，乌巴克照习惯把整个身子靠在我腿上，我们脉搏相依，跳得越来越有力，咚咚敲击着地面。我们的皮囊变瘦了吗？心脏在持续跳动中变大了吗？我们不琢磨这些问题。只有盲目的希望不可战胜。

我和马蒂尔德坚信自己对乌巴克有足够无条件的爱，能让它免遭痛苦的毒手，我们会尽我们所能。另外，我们还坚信，动物们都知道自己该怎么死，在这件事上，它们完全不需要我们。不过眼下来看，平衡还是更有利于我们继续一起生活。我们常常放上棒客乐队的专辑，把音响开到最大。十三首对不屈生命的赞歌，鼓舞我们继续生命的舞蹈，不要与记忆结仇。每当这种时候，乌巴克就兴奋起来，叫得更欢，也喘息得更厉害。一天晚上，厨房的吧台上有一个紫色的胶皮气球，上面写着"节日"，不知为什么会在那儿。不过它来得正好，我把它拿过来，放到乌巴克嘴边采集它的呼气。气球内壁起了点雾，褶皱舒展开来，气球略微鼓胀了起来。我打了个结，把捕获的这点生命存在那里，祈求它瘪得越晚越好。

几年之前，乌巴克无忧无虑，无所畏惧，生命似乎没有尽头。明天怎么样，我们并不在乎。乌巴克的生命是钢铁、烈火和热血。没有什么能伤得了它。乌巴克强健厚实，是我们这个小小世界的保护墙。每次兽医们因为这样那样的原因剃掉它身体某个部位的毛，新毛一眨眼的工夫就长出来了。我们一起贪婪地生活在当下。我意识到的唯一的时间分隔线，是有乌巴克之前和之后。爱把生活分成了两段。

我们外出散步时，乌巴克挺着骄傲的胸脯在前头带路，人们看到神气十足的它，会忍不住感叹："可惜这东西活不到老。"我告诉对方，这狗叫乌巴克，不是"这东西"，而且他说得没错，我们本来就打算永远年轻。如果他们继续唠叨那些悲惨的预言，我们就会迷人地回答说："这正是我们养狗的原因，只要幸福，不在乎不能天长地久。"

接着我们扬长而去。

这些都是它死之前几个世纪的事啦！

假如时光可以倒流，我们会发现生命如此美丽，如此悲伤。

21

你确实死了，连空气都不一样了。

我那该死的手机恢复了正常。我拼命给马蒂尔德和我父母打电话，但始终无人接听，一分钟后，自动进入了语音信箱，我听到的是从前美好时光时录制的留言，连这也已成过往。他们不接我的电话也好，否则又能跟我说什么呢？你的死亡通知那么明白无误。在从夏莫尼到博福坦的路上，经过普朗德尼和帕克河时，我回忆起我们在这里接受过多少生活的恩赐。我的一部分仍然坚信，你还活着，我无法接受一项如此伟大的事业就这样落幕。

到了家，我把车胡乱停下。大门半开着，刚够一条狗进出，山友和弗里丝冲出来扑到我身上。它们焦躁不安，身子站起来，不停地蹭我、撞我。往常它们来迎接我，是让我赶紧进屋，今天却相反。别进去，它走了。它们的痛苦虽然与我们不同，我却不能忘记。

马蒂尔德出来了，她成了一个泪人，脸颊红肿，看上去哭了好几个小时。她双手反复水平交叉，像一个赛场上失利的运动员表示放弃。她说不出话，只有身体还能表达。我想象过无数次的可怕时刻，如今赫然降临。我多少次揣测，死亡会如何发生，我们是否会孤立无援，风是否会吹，你会在白天还是黑夜离去？你的死亡会发出什么样的声响？它会让我立时毙命，还是在之后的岁月里慢慢煎熬？我想象着你会在那里死去，可每次又觉得不该在那里。除了彻底绝望的人，谁知道死亡在哪里等着我们呢？结果，你死在一扇无价的老木门前，太阳西斜，身旁是两条惶惶不安的狗和沉默不语的人类。大路上车来车往，仿佛什么事都没发生，邻居阿尔芒跟我打招呼，他的岁月一切照旧。我很希望自己立刻被雷劈死，但又没有勇气。

你就在大房间的中央，躺在灰垫子上，就是最破的那块。你看上去很安详，头冲着门口，朝右侧卧，身上没有伤口。你不是在这儿死的，不可能在这儿，他们把你挪到这儿，是为了躲开讨厌的苍蝇和它们肮脏的粪便。有几只苍蝇被房梁上的捕蝇纸粘住，一命呜呼，这让我感到有些安慰，双方的损失算平衡了。你好像睡着了，睡眠和死亡其实不好区分，只不过睡眠还有醒来的希望，但死亡不一样。我跟马蒂尔德紧紧相拥，一只手臂无力地垂着，另一只示意，没事，终于结束了。我们眼泪流

到了脖子里，等到总算能说话时，我问她知不知道整个
过程，你当时什么姿势，具体在露台上的什么位置，几
点钟，第几分钟。面对如此重大的事件，为什么我们要
知道这些琐碎的细节呢？

我触摸着你，用双臂抱着你，蹭着你的身体，你还
在这儿。我逆着你毛发的方向抚摸你全身，产生了点点
火花。你还是那个味道。即便上了诺亚的方舟，我也嗅
得出你的气味。死后几个小时，死亡的味道才会毫不留
情地抹去往日的馨香？如果我在地板上躺下来，跟你并
排，你还看着我，我们对视着，那我一定在你之前眨眼。
你的眼睛大睁。我记得在西部电影里，只有勇敢的牛仔
死时才睁着眼，坏人的灵魂是没法再看见世界的。我把
你紧紧地抱在怀里，我的皮肤紧贴着你的皮肤。我解开
绑在你身上的带子，给你稍做按摩，心脏似乎又有力地
跳了起来。我梦想生活在死亡之地，那里的死亡都是模
拟的，是为了活得更安宁。

我去见父母。他们能做的不能做的都做了。我们互
相说着暖心的话，那些平时笨拙得说不出口的话。也许
有一天，我们不再需要悲痛才能勇敢起来。我们都哭了，
泪流成河，一个接一个地哭，这是礼节，不能让自己的
眼泪打断亲人的哭泣，几乎算是个技巧。知道吗，对人
来说，这时需要哭泣，有尊严的哀悼要从流出身体的水

分开始。在教堂里为死者哭泣的人会得到安慰，至于他有没有为生者掉过眼泪，这不重要。没有眼泪的人是可疑的，我们只看表面。可是，相信我，这次我们的眼泪来自心灵最深处，泪水一直等在那里，等着喷薄而出。我们允许自己哭泣，因为在这个家庭，一条狗的死亡是个悲剧。但世人是否允许这份悲伤是另一回事，在合法痛苦的排名表上，一条狗的死，位置并不靠前，远远排在孩子、百岁老人、无名士兵甚至林子里某只斑鸠的后面。很快，我们就得忍受差异的暴力，一边是像熔岩一样横扫一切的伤痛，一边是多数人的冷漠、不解和暗地里的嘲笑。为动物哭泣，好可笑啊！差异的鸿沟让我们无法好好哀悼，因为缺了团体仪式，但同时又让我们内部越发亲密，越发有理由对外人抱着不信任的态度。

我和马蒂尔德给你收拾了一下，让你能体体面面地出门。我们搬起你，从大门出去的时候，门上的木刺钩住了你的一点毛，这是你最后一次在家了，你的家。我们把你放在车里，小心翼翼，生怕弄疼你。多少次，我抱你上车的时候，曾说你像个死人一样重？我们给福热医生打了电话，他说为我们伤心，我相信他。他在乌吉那等你。以前，但凡有可能，我们都不去乌吉那诊所，我们嫌那里阴森森的，墙的颜色都像末日。我想，其实我们都知道，总有一天，你的结局会在那里上演。母狗们要尽宠物的职责，都想跳上车。把它们留在家是不是不人道呢？让它们跟我们去是不是不人道呢？我父母赶忙做了些佯装开心的动作，山友和弗里丝信了，于是跟生者留在了一起。

上了车，我们把你放在你爱待的地方，脑袋搁在前面座位中间。我闻到你的气味。是你。途中我们多次回头查看，看你旅途是否愉快。一般来说，走到旺通弯道你会一下子站起身子，你不喜欢那些弯道，转得太厉害了。你不至于晕车，但会呼吸急促。你想赶紧过去，急不可待，直到过了玫瑰河谷的最后一个环形路口，道路变笔直，你才又放心地趴下去。这次还好，你挺过去了。当我和马蒂尔德同时回头看你的时候，我们的目光交会了，我们都为对方的悲伤而难过。我们可以这样一直开几个小时的车，就我们仨，好让分别来得晚一些。曾经砸过动物标本店橱窗的我，如今不由得想，就算你身体僵硬了，最后不还是得去那里吗？肉体和灵魂，哪一个是生命本身？与那些更宏大的东西比较，肉身其实不值一提，但没有肉身，生命就无法成形。

到了诊所，天色已晚，顾客们都走了。这样正好，我们不会向他们传递对明天的恐惧，也不用忍受他们同情的眼光。福热已经等在那里，他怎么做得了这份工作呢？我们不愿意让他帮忙搬动你，他也知道。这样的场景他经历过数百次了，但我们的故事不一样。我把你放在检查台上，发出重重的一声，像两块木头碰到一起。我按习惯待在你脑袋旁边，好跟你耳语，告诉你马上就完了，你是乖狗，你不会觉得疼，今天我的诺言会实现。医生柔声低语，像在做弥撒，这声音不像他，也不像你，接着，他声调提高了，这样才对。我们想跳过繁文缛节，但规矩绕不过去。福热说，还是照办得好，因为，咱们都明白，肯定没有更好的办法了。我签了一些文件，也许几个月前它就备好了，就像《世界报》提前几个月就写好了西蒙娜·韦伊[1]的讣告。其实我一共就给你签过两份文件，一份在夏多夫人那里，一份在这里。狗的文件比小孩的要省笔墨多了。我跟医生也说了这点，他表示同意。我想说"一共"，却差点说成"一狗"，极度悲伤的时候往往如此。身体的一部分为了保护我们，让我们为一点点小事就大笑不已。我参加葬礼也常这样，扑哧一声笑出来，与眼泪混在一起。不知道焚尸炉里烧的是不是笑气呢。如果我现在疯了一样大笑，你年轻的灵魂不会为此生气的，你会把它当成致敬。福热告诉我们下面该做什么。最好还是说说善后事宜吧。周四会有个人

---

[1] 西蒙娜·韦伊（1927—2017），法国政治家，女权主义战士。

来接你，是谁不重要，也许两个月后他就给人送电视机
去了。这段时间你会做什么，谁来照顾你呢？我们也可
以把你埋在花园里，埋在羽扇豆下面，可那样我们就得
永远住在这房子里。让你一动不动有什么意义呢？我们
选择火化。福热医生说有单独火化和集体火化，可以选
择把你装在白色还是粉色袋子里。跟别的狗混在一起很
适合你，你那么努力要把不同的生命聚拢在一起，但我
们选择了让你单独火化，由于那些愚蠢的想法，特别专
属待遇，纯洁无瑕什么的，也因为不想更加失去你。希
望周四来的那位先生，把装着你的袋子往车上放的时候
能小心一点，希望他知道里面是什么。几天后我们会收
到一只黑金色的骨灰罐，你的坟墓。你呢，又会在哪
里？罐子上刻着一句装腔作势的格言，永恒什么的，画
着一个可爱的图案。还有一颗植物的种子，种下后不久
会开出一朵粉色的小花。我们尽量不让你在罐子里待太
久，而会尽快去办承诺你的那件事：走常规路线，上坚
韧峰①，"坚韧"和"常规"这两个词是属于你的。你坚
韧不拔，在平凡中熠熠生辉。我们打开罐子，北风吹过，
你不是叫乌巴克②吗？你的骨灰一直飘到奥斯特谷地，然
后继续往前，到达山麓平原，与风和花粉，一道飘过山

① 阿尔卑斯山的一座山峰。
② 法语"北坡"的意思。

川大地，把世界变成沃土。你的灰尘有些会落到天使酒馆的圆桌上，我们在那里喝着特雷维索葡萄酒，直到满月升上天空，月光平静地洒在我们的眼里。我们开心地走出酒馆，脚步踉跄，喝了太多酒，心里又沉重又轻松。你会带我们回到该去的港湾。生命其实就像一幅印度柯蓝画①，人们全神贯注，描绘出极其和谐精美的图案。黎明过后，风和蚂蚁把图案的粉末撒到各处，把它的短暂的一生变成至美。这样的结局，好过在地下慢慢腐烂。

我们留下了你的项圈、病历本和一簇狗毛。将来我们可以靠回忆，但此时此刻，我们需要这些东西做记忆的工具。谁知道它们是疗伤的药膏，还是折磨人的刑具呢？福热不收我们的钱，我们只付其他费用就行。这举动很大气，死亡已经够昂贵了，但我们其实不在乎一掷千金。福热另一个大气的举动是，假装去隔壁找东西，把我们单独留在那里。这是我最后一次见到你。或者是今天早上？是我最后一次看着你奔跑的时候？我很想立刻死于心碎，但我没有你那么开阔的心胸。我看了你十次，好让自己日后不再记得你现在的样子，我想只记住自己愿意记住的那部分，哪怕为此会失去更多。虽然我知道人不能强行更改记忆，但我会竭尽所能把记忆导向

---

① 柯蓝是一种古老的印度手绘或印花纺织艺术形式。

我希望的方向。我们将大口大口地呼吸着你，希望你的味道永远萦绕着我。气味是我们之间的亲密连接，其他人无法触及。我们去跟医生道别。按门铃，出大门，机械而礼貌地道别，这就是故事的结局了。外面的世界还在执拗地照常运转，而我在悲伤中不能自拔。

我和马蒂尔德想去喝酒，喝到不省人事才好。这很懦弱，却是本能的需求。但我们最后还是回家了，因为需要跟狗狗们在一起。

22

以后的日子会怎样呢，我的乌巴克？我还一无所知，但能预感到，它会是严峻的、极端痛苦的。为什么我们的痛苦跟大家不一样呢？

我们会想念它。残酷的、触痛血肉的想念，像利剑刺进腹部。今晚开始，这屋子会显得太大，天花板太高，生命被抽离了，空气中回荡着空虚。这痛楚比我设想的还要剧烈，就像锋利的长矛，毫不留情地直刺而来。它们一会儿似乎冲着别处去了，一会儿又卷土重来，傲慢而执拗，仿佛要让我们为曾经的欢愉付出代价。我痛得扭曲着身体，哭干了眼泪，身体嚎叫着，否则无法抵抗这痛苦。别去吃什么药，别投机取巧，这样的痛苦无药可治，也不应该有药，疗伤只能靠自己。夜里，就从今夜开始，哭累了睡着，半夜醒来，最多三秒钟时间，甜美的三秒钟，我们忘了一切，身心平静，然后再次堕入深渊。我等着这些伤痛，追寻着它们，紧紧揪住它们。这些恶魔，让它们来剥夺我，吸干我的血，我不会躲避，爱值得在痛苦中体验。如果某地有某人突然关心起他人的痛苦，然后对我说，哪怕是在心里想，说我与其这样哭哭啼啼，不如去关心关心孟加拉国人的疾苦，那我就打破他的脑袋。当然这也解决不了问题，只能把悲伤变成一种接近疯狂的愤怒，好暂时忘掉痛苦吧！

今年夏天，我会变成那头被抛弃的动物。

我度日如年，自言自语，已经这么多天了吗？才这么几天吗？我目之所及，全是丑陋和艰辛。人人都跟我过不去，谁都比我幸福。

很多仪式消失了，而那曾经是我们生活的一部分：酸奶吃到最后要怎样；香脆长面包怎么才能掰得完整；你跟女邮递员打招呼的方式；你的鼻子，我的胳膊肘，打翻的咖啡，换衣服；让你把前腿搭到我肩膀上，问你像人这样站着有什么意义；你的狗粮桶——装满然后又吃光；我们睡前的秘密承诺；紧挨着睡在炉火旁，百叶窗整夜开着，我注视着你，你一定梦见了奔跑和征战，早上急不可待地起床；雨后给你擦干身体，你的脑袋被夹住了，我的裤子湿漉漉滴着水；你一听到门上钥匙转动或饼干盒子的声音就立刻立正站好；我们懒洋洋地待在车里，我坐着，你也是，两个都很安逸，看着忙碌的世界；我们无所事事靠墙坐着，脑袋在阴影里，身子晒着太阳，建筑工人的灵魂抚慰着我们的后背；我蹲着，你跑过来，我仰面朝天倒在地上；我们躺在高山草地上，想打个五分钟的盹儿，结果睡过去了，我在你的呼吸中醒来。你走之后，无尽的日子建议我别在地上趴着了，站起身来回到人类的行列。我们之前的日子，全是些点缀着意外的愉快时光。如今拿什么新东西来填满这些时光呢？你的离去抹掉了一切，根本没有什么爱与死亡的浪漫幻想，我手上拿着一块格鲁耶尔奶酪渣，不知所措，怅然若失。知道吗，一个个瞬间，你在我的日常生活中占了什么样的位置？我所有的时间曾经都用来跟你幸福地待在一起，如今，我又怎么面对这巨大的剥夺呢？我们都知道，这一切早已注定，将永远影响我们的生活，而深渊将是无底的，可当初我们又该怎么做呢？忍住不去生活吗？我们编织着我们的生活。还记得马蒂尔德的爷爷，让，那个眼神狡黠的织工，他说你是经线，我是纬线，我们两个织在一起，就是最密实的布料。塔夫绸一样！他说是副铠甲。如今，这密实的铠甲却到处开裂。

我在露天酒吧喝完酒，进里面付钱的时候，偷偷地观察你。你搜寻着我的身影，眼睛紧盯着我最后消失的那块墙，等着我再次出现，又焦急又笃定。我不让这样的场面在脑海里出现太久，但它挥之不去。今后我就做一件事：到处寻找那双曾经到处寻找我的眼睛。

我将不停地看见你，看见你突然出现在某个房间，某扇门前，某个夜里，听到窸窸窣窣的响动，仿佛听见了你，我将出现幻觉。我会看见马蒂尔德痛得蜷缩着身体，尽管我们之间关系很稳定，她一直以为自己在关于你的事情上都只能排第二，包括悲伤的程度。我每天晚上都记得告诉她，她的痛苦跟我一样深。

我将在家里的角落里搜寻你的狗毛，闻你毯子上的气息。我将去源头啜饮痛苦，与之肉搏。

我将怨恨活着的生命，在痛不欲生的日子，连山友和弗里丝都恨，尽管它们的生命支撑着我活下去。

我将是狗群里唯一的雄性，却感觉不到自己的力量。

我将去一些新的地方，见到一些新人，每次我都自问，如果是你，这时会做什么。

我将回归这无情的世界，在这里感情用事会被鄙视，狐疑和戒备成了避难所。我将随波逐流，或愤世嫉俗。

我将到处只遇到勉强算是爱的爱。

宇宙将失去你的光彩，这令我心忧，从今往后，谁来保持世界的正常运转？

我将无比确信，我们的故事绝不会在时间里溶解，也不会被替代。

我将期待重生，尽管不太相信。

我将孤零零地坐在地上，等着山友喝水。

我将有意无意地粗心大意，不会尽一切努力活下去。说到底，如果我短命些，我们在一起的日子占的比重就更大。我也许会在梳子峰上忘了系安全绳，也许会把通风板剪坏，也许会对皮肤癌毫不在意。这样做不是为了挑战命运，而是让命运去选择，看它会拿我这种没有勇气自己动手的人怎么办。面对悬崖、极限和意外，我将不再恐惧，不是因为勇敢，而是准备接受就此完蛋。我将无所畏惧，不再怕热情，也不怕烦恼。我要么燃尽生命中的所有，不在乎它的流逝，要么等待，闭口不言，忍受时光的缓慢。两种情况都是冒犯。你已不在，我如何才能成功死掉呢？但我的反抗无济于事，我会活下去，新的记忆会扎根，而你不在其中。我知道今天和明天是这样，但昨天也是一样，同样不再需要你。

有些地方再也不能去了。如果有必要，我宁肯抄小道，穿山谷，取道旁边星球也要绕着走。我怎么能再去阿莱什数九块冰[1]，去安德烈爱爬的山上清理水槽，或者去帕拉迪·德普拉兹把脚浸在冰冷的河水中呢？我们共同游荡过的那些地方，永远留下了你的印迹，往日的美好和谐变成地狱，重新经历一遍没法忍受。我得改变自己

---

[1] 暗指博福坦的客栈"九块冰"。

的活动区域，离开这里，永不回头。只愿世界巨变，沧海桑田，让这些熟悉的地点永远消失。当我来到你从未踏足过的地方，我会像从前一样，盼望回家，好重新见到你，跟你讲述。可是，哪里都没有你，无论在熟悉的地方还是陌生的所在。你离去后，我只能紧闭双眼逃亡，可这并不是你的错。

所有那些限制、累活、轮流守夜、要包扎的褥疮、被老迈的你弄湿的地面，那些沉重的负担以及你的行动不便，让我们也好几个月没有行动自由，一下子都可以忘了。仿佛什么都没有发生过一样。这是你最后的赠予，我们又有了大把时间和行动的自由。可我不想要这些，有什么用呢？过多的自由只会让我感到恶心，谁会要这个？我曾经把自由视若珍宝，如今只想廉价把它抛售。还有互助信贷银行……它能撑过这个夏天吗？我们每个月十五日都靠大笔透支为你支付各项治疗费用。我徒劳的愤怒希望它也一起崩溃。

我的爱犬，我轻声向你诉说这些，不要觉得你给我增添了负担，你已经让我的生活轻松了许多，天平永远是倾向你的。可是对你撒谎也是不体面的。对于死亡，我没有任何具体了解，它让我如此不知所措，我不知道该说什么，而且，真有什么能说的吗？怎么对你说……我不能再对你说，但我对你的爱并没有完全结束。

23

然后有一天，毫无预兆地，有了几道小小亮光。那应该是在春天。

在那之前，好转是不可能的。冬季的白天，阴郁而短暂，简直没法出门。况且要想守得云开见月明，时间上是万万不能节省的。但在某个温暖的五月天，在一个洒满阳光的山坡上，我不知道发生了什么，反正不是出于我的意愿，我突然可以平静地想起你了。也许因为满眼的青翠，微风升起，繁花似锦，蜜蜂又忙碌起来，身体暖洋洋的，世界一派生机。变化发生了，你的缺席变成了一种物质，镶嵌在身体里，它既忧郁又能带来抚慰，像加了棉絮的外壳，包裹着、陪伴着、保护着我。雨果写道："你已不在原处，却如影随形陪伴我。"① 可怜的作家，他的金句被印在小卡片上到处发放，但他确实说出了我的感受：与你再也不分离的幻觉成真了。是的，你就在我们身旁，包裹着我们的日子。稍微努力一下，就

① 出自雨果《悲惨世界》。

能触摸到你；无须喊叫，就可以与你交谈。我又开始相信有灵魂了。你虽然从未显过灵，却能回应我，你是所有缺席者里最有活力的那一个。我曾以为自己要在悲伤中度过余生，如今却在懵懂中挣脱出来，惊奇于自己又能呼吸了，也发现了万事万物的无常，连消沉也同样无常。精神最好的时候，我都可以看你站在木屋前的那些照片了，你雄赳赳地站着，脸沐浴在阳光下。脸上永远是安详和机警交织的表情，我从未见过第二张这样的脸。我也敢看那个三十七秒的视频了，那是二〇〇七年拍的，你在冰天雪地里跳着，前程似锦。我也可以直面过去了，可以不加筛选地收下它给我的一切，并且以应有的方式爱它，因为它是当下最坚强的那部分，我对此不胜感激，觉得自己一直都认识你。最困难的部分，是你的录音，你假装发怒的咆哮，你喜悦的吼叫。这些录音我仍然不敢听，因为声音比图像更让我产生你还在的幻觉。

在我们曾经融入其中的大自然里，我会在其他生灵身上瞥见你的影子。七月中旬诞生的小狗的叫声，一只鹰飞过天空的姿态，一棵落叶松的沙沙声。你的精神永存，还有你的力量。也不是每次都能感觉到你，那样就假了，就像刻意为之。虽然从来不是偶然，但这种机会非常少，显得更有深意。跟我一同登山的队友会突然发现，我正在对着云朵或晃动的岩石窃窃私语，但他们不会在意。我们相识已久，队友之间从来不会说三道四，破坏合作。恰恰相反，他们会认为，我对石头和云雾如此这般，说明我越发艺高人胆大了。夺眶而出的眼泪将落在温暖的、几乎热烫的面颊上。山友将学会自己喝水。

之前一直无效的疗愈机制将起作用，消沉将会退去。像你那样幸福地活着，度过每一天，不要变成你不想让我成为的样子。我这个七月起就无精打采的人，不要把你的死（因为我将这么称呼这件事）当成结束，而把你当作一个行者。你如此重要，一定会永存。这些咒语在我身上渐渐起了作用，使我的状况日渐好转。在米朗坦山陡峭的山坡上，雪没过膝盖，我会回忆起你的生命力，然后挣扎出来，登上阳光普照的顶峰，而没有让自己葬身阴冷之地。我会活过来。总之，不管多艰难，我会试着让自己达到你的高度。有句老话这样安慰人："时间治愈一切。"这话好傻，可又那么真，时间滴答流逝，考验人，塑造人，远比人自己能做的更有效。有些日子里，这些方法很有效，我感到愉快；有些日子我又一败涂地，而且为自己居然敢战胜悲伤而自责。

首先，得讲究方法。我们不能对生活绝望，这并非出于信念，而是训练使然。开始会有个不稳定的阶段，阴晴取决于心情的波动。然后，一切变得自然而然。进入这种生活，一定要谨慎。风和日丽的日子，跟着一群爱说爱笑的朋友，去佩莱兹森林捡拾黄菌菇，去费利西安的咖啡馆，重温那总是四块四的饮料。我们会触摸你曾经触摸过的墙，踩在脚下的草是在你躺过的草被割掉后新长出来的。我们会像老人一样聊天，说："你还记得乌巴克活着的时候吗？……"说什么呢，我当然记得。我经历过它的一生。也许，我们会笑着想起，有一次你嘴上叼着棍子，卡在两棵白蜡树之间；或者你在女士们的裙子底下嗅来嗅去的，邻居家的女士很不乐意，可雅克琳娜一声不吭。有时候我们的心情会再次低落，眼泪夺眶而出。心情恶劣的夜里，我梦见你成了野狗，在马拉穆列什① 阴暗的街道上流浪，孤独而肮脏，眼神低垂，躲着冷漠的人们。但总的来说，我们会进步，愉快的回忆会占上风，好好活着成了我们的心声。我还会做梦，一闪而过，醒来后心里难过。痛苦不会被驯服，但我们会跟它达成和解，我们会适应它，这也算不错了。

我们会优先与你喜欢的那些人来往，不过，既然你爱所有的人，我们就选择那些能正确地谈论你也爱你的人，特别是雅克琳娜。至于其他人，你在的时候他们都不理解你，你不在了还能指望他们什么呢？他们就算了。

我们又能享受生活了，去巴维拉采摘树莓，双手捧

---

① 位于罗马尼亚北部。

满鲜果，在圣克雷芒仔细地采香芹，接受邀请去参加节庆，穿越普朗盘修的寒冷山谷，在海滩上跳舞直到渔船归来，津津有味地吃着卢布尔雅那①的斯托克利馅饼；在空中拥抱上升气流，在花岗岩里钻来钻去，举起一杯瓦尔帕莱索酒，身旁是西尔万、让－密、索夫、塞巴等人。我们嘲笑谁做了蠢事，担心谁碰到了难处；我们把球扔给固执的山友，追着淘气的弗里丝满地跑。我们爱它们，开心地咒骂愚蠢的人类，他们说话声太大，车开得太快。我们满怀深情看着父母老去，任风吹乱我们的头发，在康帕伊②的音乐声中摇摇摆摆。我们在林中漫步，读梭罗③的书，向林中的漫步者致敬，笑得满眼褶子。我们将这样坚持下去，直到找回天真的步伐。我们又能感受世界的美好了，我们将拥有阳光和地平线的宁静，我们去追逐所有闪耀的东西，甚至会制订一堆计划，接受生活的一切。幸福是无法用言语讲述的，但也许只是痛苦的暂时退场。

我曾经避开眼神不看它们，现在我又能随处捕捉到它们的身影了。千米之外有块淡黄色的狗垫，对面的人行道上，狗狗跟在开心的主人脚边，阳台上露出它们的

①　斯洛文尼亚首都。
②　疑指古巴音乐界传奇人物。
③　十九世纪美国作家、思想家和自然主义者，代表作有《瓦尔登湖》。

脑袋。它们游过湖面，在水上留下痕迹。狗狗们。对自己心爱的事物，人们能培养出鹰眼般敏锐的洞察力，我曾经把这种本事束之高阁，我现在要重新使用它。我将嗅到它们的存在，我们的目光将相互吸引，我会知道该有所动作还是按兵不动，该与它们交谈还是闭嘴，该伸出手去还是弯下腰来。我仿佛重新找回了某个感官。遇到陌生人带的狗想跟我拥抱，我不会拒绝，它们又没做错什么。我会替我们俩触摸它们，也许某条狗会带信给我呢！

有时，在几分钟的时间里，我会忘记你。不，那不是通常所说的遗忘，继续前行的力量并不来自那里。你只是从我的思念中离开了，那么优雅，也没有"呼"的一声关上大门。起初你只消失了几秒钟，我要求助于身体的动作、周遭的人群、亮光或跟人闲聊；然后，你会持续消失数个小时，几天几夜，我可以什么都不做，甚至什么话都不说。你有时悄悄地回到我的脑海里，有时突然冒出来，这取决于当天我的心情。总而言之，我们又成了好伙伴，相互保持合适的距离，在合适的时候在一起，彼此都保留呼吸的空间。

但我也会有明显后退的时候。某个瞬间，在某个想不到的地方，毫无准备地，脸上突然泪流成河，像苏雄①

————

① 法国歌手，此处指他的歌曲《极现代孤独》。

歌里唱的那样。我已经整整一个星期没哭了，这下泪水
汹涌，止不住的样子，看起来我要全面崩溃，彻底重蹈
覆辙。也许是伤痛在复仇呢，再说了，为什么不呢？我
心甘情愿地迎接眼泪，就让它们蹂躏我吧！鲁鲁爷爷说
过，顺其自然吧，生活就像跳华尔兹。也许我正在给六
年级乙班上舞蹈课，合着粗俗的美国音乐；也许我正在
某个从未去过的地方，良辰美景却没有你。然后，眼泪
渐渐平息，发作的时间间隔越来越长，我甚至开始担心
自己永远都不会再哭。发现自己对缺失不再在意，谁不
会感到焦虑呢？有些日子，为了抵抗遗忘，我用各种办
法刻意让自己伤心，哀求星星、听《它我》①的开头六个
音符或用其他催泪的招数，但最后觉得这不成体统，还
是算了。周围的人说，你看着状态不错啊，我也会点头
称是。这个心境向好的过程，神父和医生们称之为哀悼
期，其实这要看是出于对生活的热爱，还是可悲的自私。
要欣然迎接它的到来，让它起作用，不要拒绝，要把它
看作一个过渡，没有点信念是无法完成这种过渡的。没
有它的帮助，未来无从谈起。有些人一腔热血地追求毕
生受难这一高贵的思想，但从本质上来说，真正的受难
是不可能永远持续的。它要么把人杀死，要么渐渐淡化，
或者转变成别的东西。你呢，我希望你能把这一切当笑

① 法国歌手让-路易·奥贝尔的歌曲。

话，包括那些有教养的人优柔寡断、害怕幸福的精神状况。也许，你这会儿已经和皮拉特、楚米或其他一无所用的狗狗玩得不亦乐乎，从树上跳到灵魂上，从一个身体跳到另一个身体。我不知道你如今是什么质地，应该又实在又轻盈，不管是什么，我知道你会一直注视着我们。你这笨乎乎的执拗举动，以前还让我恼火呢！

就这样，我和马蒂尔德、山友、弗里丝度过了没有你的一年，心情慢慢平复，状态越来越好。我们还将一起迎接很多个四月十四日、九月十四日、野鹿发情的日子、西蒙娜的生日以及初雪的日子。这些日子本也平常，但因为你在的时候我们拍过视频，如今你不在了，这些我们那么珍视的时光，如今却让我们害怕起来。这些该死的日子，做什么都不好，跳舞不好，哭泣不好，给盆里的花换水也不好。只能像普通日子一样平常度过。可是，无论怎么想让自己忙起来，还是忘不了，往年今日的记忆总会忠实地来袭。于是，第一个没有你的七月十三日，为了躲避焰火晚会，我们去大山里远足，在那里可以尽情吼叫，不怕打扰别人，可以号啕痛哭，群山会以为我们在庆祝胜利。下一年的这个日子，不知会怎样。也许总有一天，我们会内心毫无波澜地度过这个日子，因为心里有个念头，希望自己能毫不在意。这念头说不出口，却是个安慰。

24

时光流逝。十月一个晴朗的早晨，我将去乌特莱要隘。

你喜欢秋天，我知道，这是你的季节。天转凉了，你不怎么找阴凉了，我们也不怎么上山了，在家里待的时间越来越多。你在落叶堆里打滚，预备冬天去雪地里撒欢了。十月四日，我们给你买了满满一盒子乱七八糟的玩意儿，搞得你连着两天嘴巴臭烘烘的。我们被熏得捏着鼻子，你却更起劲地舔我们。

你喜欢去乌特莱要隘，途中要经过克罗埃面包房，那里买东西的队排了两行，还有西里尔家的榛子奶油金砖蛋糕，开始我们买一块，分成三份，后来四份、五份，再后来就得买两个。普朗杜蒙路段会遇到狍子，它们吃多了发酵的果子，有点醉醺醺，后腿往后刨地。在光线昏暗的森林里，你在前头探路，向精灵们致意，我们走到了奥特吕希镇，头上重见天日。在到处是土拨鼠的碎石坡，你走路走得爪子生疼，终于到了覆盖短草的路段，你在上面不倒翁似的打着滚，然后冲向清凉的水塘。"三雀"木屋有些猎人们剩下的香肠碎皮，你立刻就吃掉了。在那里吃什么都只能用水煮，还都是温吞吞的。长日无尽的日子，我们一路坦途，直到黑湖，必要时，你会表明你对没到膝盖以上的水的厌恶。我们坐在湖边，呼吸着空气，欣赏着景色。那些时光如此简单，看似天赐，却要充分地体验过才能品味，要付出努力才能获得。有时候我们夜里才踏上归途，身后是粉色的勃朗峰。我们疲惫而寂寞，却满心欢喜。那是个美丽的地方，让人就算走遍世界也要回到那里。

所以，我会再去到那里，享受孤独时刻。植被或红或绿，天空湛蓝，最高的那几座山峰，头顶撒上了新鲜的白色粉末，预谋着冬天来临。林子里，下沉的风吹得人瑟瑟发抖，更高的地方，风从下面吹来，让人冷得赶紧戴上帽子，整个博福坦笼罩在云雾中。秋天就是这样，天气有时还有点热，但不会热到流汗的地步，阳光也刚刚好。秋天永远这么好，但我们不再有期待。我瞥见的第一头羚羊，看起来跟你很像，我们互相挥手致意。我会绕个圈，好跟你的回忆多待一些时间。我向着昂克拉夫峰走，一直走到湖边，就在那块像骆驼脑袋的石头后面，我用水洗了洗脸，在你曾舔过的黑色的水中，我看见自己的倒影。

这时，你知道我看见了谁吗？一个幸福的男人。他深知自己得到了什么，他的生活经历了多么奇妙的转折。一个幸福的人，不为自己的幸福而感到不安的人。

这全都多亏了你，乌巴克，你给我的生命带来了两样小东西，两件礼物，就放在桌子的一角。悄悄地放在那里，毫不起眼。那是一粒电池和一把钥匙。小小的物件，好像微不足道，却能保佑我们。

你为爱而生，你的爱如此美妙，既不盲目，也不被束缚。你在我的皮下植入了某种电机，我不知那是何物，但它却激励着我的心去爱，它看护着我的心。我见过你如何生活，你把自己的世界观传递给了我。你并不是这一切的见证者，不是的，你创造了这份爱，用它装备了我。如果没有你，我也许会错过它。你告诉我要敢于去爱，轻盈地爱，理直气壮地爱，永远别犹豫，别期待回报，别计较付出太多得到太少。我把这条真理做了些调整，以适应人类生活，但我每天努力实行之。我并不是在模仿什么偶像，而是把它变成自然而然的生活方式，尽管过程中会有反复。有一天，我的一位教艺术的同事，有感于教育体制的冷酷，对我说："要不咱们开一门关于爱的课程？"另一个说，这种事情可没法教。我可以反驳他，因为爱至少是可以学习的。

另一件小东西是一把钥匙，放在我口袋里，把口袋拽得有点走形了。钥匙小小的，锻造而成，磨砂表面，齿形看起来像三峰山①的倒影。只要人类的世界太困扰我，我就用这把钥匙打开一扇门。无论是在人声鼎沸的餐桌旁、欢呼呐喊的运动场看台上，还是在城市的喧嚣中，或某个大人物灰扑扑的办公室里，那扇门永远对自己敞开着，而别人是看不见的。要想打开它，不必给自己注射什么药水，如果训练有素，只要深吸一口气，眨眨眼即可。门通向平行世界的一条小街，被大风吹倒的树木充当的藏身小窝，在那里，可以对着云朵、小狐狸和隐身的生灵说话。这地方既厚重又轻盈，充满智慧和疯狂、抵抗和放弃。这座城堡里没有墙壁，也遑论道德。只要需要，我就可以进到那里，得到自在，让生命在那里悄悄怒放。在短则一分钟、长则几天的时间里，我从世界上消失了，摆脱了几乎所有的虚浮，让自己能量满格，心率下降，灵魂飞升。这件事让我精力充沛，让我上瘾，而且没有人会注意到我不在。那个世界里人很少，却住满了其他生灵。从这个秘密角落回来时，我精神抖擞，准备好了迎接生活的暴击，迎接一切美好，同时也变得苛刻起来。我仿佛透过清澈的水，看着生活，尽管生活并无多大变化。一切都有点混乱，但又无比透彻，

---

① 位于意大利东北部，登山和徒步热门目的地。

假如要超越自我，去质疑世界的要义，那我会知道该抓住什么。你教会了我使用这些桥梁，没有你，我永远不会想到去世界的另一边看看。尽管我不太好意思说自己属于那个广阔的世界，但能时不时去拜访，也能让我的生活处处萦绕着一种清晰而宁静的美。有时候，在正式的世界里，也就是我们出生的那个实质的、一切按计划、看得见摸得着的、讲究证据的世界——也可以是个美丽的世界，我会遇到一些人，他们的眼神告诉我，他们也知道那个神奇的世界，就在我们身边，无须过海关。在那里，唯一神奇之处，是能听到我们平时听不到的声音。那些东西并不真的存在，却能让我们变成最单纯、最可敬的人。那些人看起来都很自在，步履轻快，有着旅人的眼神，似乎随时可以跑掉。我们擦肩而过，互致微笑，仿佛在说："哈利路亚，嘘！"

我越来越疑惑，为什么人类需要这么多声音和手段来增强现实感，而这两个世界之间，到底哪一个更真实。

我的爱狗，当人拥有了这两样，电池和钥匙，生命就会永恒，不会衰老。你没有畏畏缩缩地度过一生，你活得那么舒展。你来到这个世界，绝非偶然，一定是来救急的。我们相互扶持，好玩的是，是四脚着地的你帮助我站了起来。为了这些，为了我还将发现的你留下的痕迹，我要对你说声谢谢，否则还能说什么呢？不久之前，我在某处等候大厅里，读到一篇有趣的文章，讲的是一门差不多已经消失的手艺，小彩画，也就是用色彩和图案装饰文字。这就是你曾经做过，且还在继续做的事，你用一种远不如黄金浮夸的材料和优雅的笔触，把我的平凡人生变得美丽。我们共同生活的经历，比任何美丽的辞藻都更美，但彩画师这个称呼很适合你。

我会再回到乌特莱要隘。羊群下山了，我可以放心喝河里的水。等到南风抚慰通往城市的山坡，我会鼓起风帆，回来追寻雄鹰。时光轻快，我回到我们的家，生活散发着爱的味道，像某个十月四日你的嘴巴。

在家里，在鲁鲁的书桌下，我会找到你的气球。带着你的味道。气球还是鼓鼓的，并不是周围的生活瘪了，而是因为你的气息始终在里面，一直顽强地支撑着它。

像每次一样，我会忍不住把它解开，让它释放，让里面的空气吹过我的面颊，让我闻到你的味道。但我会再等等。

就让你的味道留在这里吧，越多越好。